Depuis la parution de Quand les loups rôdent, *son premier livre, salué par la presse et des personnalités (Lucie Aubrac, Pierre Miquel, Simone Veil...) et plébiscité par des milliers de lecteurs,* ***Johan Bourret*** *n'a plus cessé d'écrire. Dynamique et talentueux, il est déjà l'auteur de sept romans, dont la plupart sont publiés aux éditions De Borée.*

La Diablesse

Du même auteur

Aux éditions De Borée

Dans la gueule du loup, Terre de poche
Le Camp des loups, Terre de poche
Quand les loups rôdent
Sœur Charité, Terre de poche

Autres éditeurs

Le Poids du monde
L'enfant qui voulait voir l'Afrique

Imprimé en U.E.
Dépôt légal : novembre 2012
ISBN : 978-2-8129-0688-6
ISSN : 1769-1788

JOHAN BOURRET

LA DIABLESSE

De Borée

La justice sans la force est impuissante,
La force sans la justice est tyrannique.

Blaise PASCAL

Je tiens à remercier M. Jacques Saurel dont le témoignage émouvant racontant une enfance au camp de concentration de Bergen-Belsen, *Souvenirs rassemblés d'un enfant déporté*, a inspiré les dernières pages de mon ouvrage *Le Camp des loups*.

À Nathalie Castro, soleil du Portugal…

Première partie

I

Il avait pénétré en nos lieux sans qu'on ait eu le temps de l'y inviter et son irruption allait de pair avec le débit de ses paroles :

– M. le comte m'envoie vous dire qu'il veut vous voir, séance tenante !

Ce n'était pas une heure pour un ordre pareil. Après la soupe, le propriétaire des lieux, mon père, avait donné consigne d'aller se coucher. Mais le messager avait exigé :

– Il veut vous voir tous !

Cette solennité de ton avait inquiété mon père qui, de suite, avait pensé à l'annonce d'un malheur. Il s'était exécuté sans attendre, bousculant sa famille pour qu'elle se pressât, n'osant demander au garde les causes d'une telle réquisition. Il écoutait en chemin ce que le bavard avait à dire :

– M. le comte, ce n'est pas le genre à faire déplacer pour rien. J'ai bien ma petite idée sur ce qu'il vous veut…

– J'espère qu'il est au mieux, car nous avons reçu tant de bienfaits de sa part que nous nous sommes attachés à lui.

– Il ne m'a pas raconté cela et j'ignore s'il vous porte lui aussi dans son cœur.

Il se flattait de l'importance de sa mission et, sentant mon père accroché à ses lèvres, il multipliait les digressions :

– Vous comprendrez donc que M. le comte ne peut point attendre…

Ses paroles, dévidées comme l'eau d'une gargouille, se perdirent avec le vent. Je suivais ma mère, qui n'osait se mêler à la conversation des hommes.

– Allons, pressons !

Nous dévalâmes donc le long chemin pierreux qui jouxtait la plaine de Saint-Sauveur puis traversâmes les petits sentiers de braconniers. Il fallait suivre les combes, contourner les coteaux, aux sommets desquels s'entrecroisaient des chemins qui offraient une vue imprenable sur l'immensité de la forêt de Verrie. Après avoir franchi les hautes futaies par des pistes de bruyères, nous suivîmes la route qui menait au château.

– Mais que nous veut-il ? demanda encore mon père.

– Vous verrez bien, souffla le messager pourtant content qu'on le sollicitât.

C'était une longue ligne droite, une allée de plus de cent pieds, gardée par une rangée de vieux chênes postés de chaque côté, comme un bataillon.

Leurs silhouettes paraissaient plus raides que celles des gardes nationaux un jour de fête de la Fédération. Le chemin royal était pavé de grosses pierres toujours propres car balayées plusieurs fois par jour par les gens du château.

– Il fait froid à attraper le mal, grelotta mon père. Je n'ai point envie de perdre mon temps.

– Maman, et si on rentrait chez nous ? piailla ma petite sœur.

– On ne va point se faire manger, garde courage…

À la faveur du soleil, au temps des fruits rouges, Pauline et moi venions ici passer quelques moments quand notre mère ne nous sollicitait pas pour une corvée de haricots. D'ordinaire, les lieux étaient calmes. Je me souvins de ce jour où nous entendîmes tinter les grelots d'une voiture. Apparut alors en grand équipage un beau fiacre royal attelé de quatre chevaux caparaçonnés et guidés par deux postillons en hautes bottes, culotte brune, gilet vert et chapeau de cuir.

– Halte ! avait crié le maître.

À travers les carreaux, le vieux comte de Marson nous avait aperçus. Il était descendu et nous étions restés à le regarder s'approcher. Puis sa main avait caressé mes cheveux et il avait déposé dans la paume de Pauline une pomme rouge que je lui jalouse encore. Il était alors remonté dans sa voiture non sans avoir déclaré :

– Au revoir Pauline, au revoir Maxime.

Il connaissait nos prénoms et cela nous avait laissés sans voix. Sa voiture avait filé vers la demeure frappée ce jour-là d'un beau soleil couchant…

Mais, en cette nuit, la neige était si forte qu'elle demeurait sur nos épaules et nos coiffes. Le vent redoubla. Au bout de l'allée, nous vîmes le château campé sur les hauteurs d'un coteau. D'ordinaire accueillante, la silhouette de la bâtisse présentait une façade terne, ridée et grouillante de mousses sombres dégoulinantes d'eau. Le vent glacial gifla nos visages et je vis que Pauline tout près de moi, pétrifiée par ce décor inhospitalier, se fit soudain rétive.

– N'aie pas peur, lui dis-je à voix basse tandis que les hommes continuaient à deviser.

– Pressons, fit le garde-chasse, je ne voudrais pas que l'on arrive trop tard…

La porte extérieure renforcée de gros clous en pointe de diamant était restée grande ouverte, on nous attendait. Elle donnait accès à l'enceinte bordée de douves asséchées, au milieu desquelles se tenait le château dressé. Cette porte était percée dans un mur qui portait lui aussi les marques du temps et la trace noire des écoulements pluvieux.

Mon père fit une pause et constata :

– C'est bien la première fois que je vais mettre les pieds dans la demeure de M. le comte.

– Cela aurait pu être le cas plus tôt si vous aviez été amis. Allons, ne perdons pas de temps, grogna notre guide.

Sous l'arc-boutant qui conduisait à la cour intérieure, un fanal bougeait, éclairant l'entrée et le pont jeté sur la douve. Le garde-chasse nous précéda. Il nous fit monter l'escalier taillé dans le tuffeau, qui menait à la porte d'entrée. Sa présence suffit à cautionner la nôtre et les hommes avec épée ou tromblon à la ceinture ne nous inquiétèrent pas.

Le couloir était immense et décoré de chandeliers, de scènes de chasse peintes et de petits meubles laqués. Mon père éteignit son falot. Pauline était au spectacle. Tout comme les miens, ses yeux buvaient ce qu'il y avait à voir. Tous les dix pas, un lustre présentait plus de bougies que je n'avais pu en voir de toute ma vie. Impressionnés par une demeure si grande, mon père et ma mère gardèrent la tête basse, comme si le poids de la richesse les ramenait d'un coup à leur misérable condition. On nous mena aux étages.

Après avoir arpenté des couloirs et des escaliers plus larges que notre logis, nous arrivâmes devant une porte qui avait probablement été ouvragée par des mains de compagnon.

Breteuil s'éclaircit pompeusement la voix et frappa.

– Entrez, répondit mollement une voix d'homme.

– Monsieur le comte…

– Que me veut-on ? Qui est là ?…

Sentant notre hésitation à pénétrer dans les lieux, Breteuil nous pressa d'un geste. Un vieil homme allongé dans un lit à baldaquin prononça alors :

– Ah ! Les Tessier ! Entrez, entrez...

Mon père retira son chapeau et ma mère esquissa une révérence. Ils attendirent ce que l'homme avait à leur révéler. Mon père garda son galurin sur sa poitrine et ma mère me prit la main. Le vieil homme à la tête auréolée d'un bonnet de nuit souriait :

– Cela me fait plaisir de vous voir ici auprès de moi. Ne m'en veuillez pas de vous avoir fait venir par un temps pareil, c'est que... j'avais grande hâte de vous recevoir, de vous entendre. Nous nous connaissons depuis si longtemps maintenant...

Il posa ses yeux humides sur Pauline. La voir ainsi, innocente et distraite, ses belles prunelles levées sur les peintures ornementales du plafond, lui donna une nostalgie, comme le triste regret de son enfance perdue :

– Tu es mignonne, petite Pauline. Une enfant comme toi aurait redonné de la lumière au grand-père que je suis. Et toi, Maxime, tu deviens grand et fort. Je t'ai connu, tu n'étais qu'un nourrisson...

Il avait oublié la présence de Breteuil qui se tenait caché dans l'obscurité, en observateur, en espérant qu'on ne penserait plus à lui.

– Sortez ! ordonna alors le comte.

Le garde obéit à contrecœur et quitta la chambre.

– J'ai le foie malade, lâcha le noble.

Il se gratta la joue, toussa encore.

– Et les poumons aussi… C'est sûr, demain, je serai mort.

Mon père fit un pas.

– Mais, monsieur le comte, qu'en savez-vous ? Une nuit de rcpos, des remèdes et vous…

– Non, mon brave Gabriel, coupa-t-il, c'est cette nuit que je m'en vais. Je le sais.

Le silence tomba et l'homme ferma les yeux car la fatigue le harcelait. Il se mit à parler à voix basse, en décomposant les mots.

– Je ne vous ai pas fait venir simplement pour vous faire mes adieux. Ni encore pour vous dire que j'aurais aimé avoir des enfants aussi bons que vous, mes petits. Mais pour vous confier une histoire qui me hante. Une affaire qui vous concerne.

À treize ans, il ne m'était pas toujours aisé de comprendre les propos des grandes personnes. Mais je sentis dans le durcissement de la main de ma mère que quelque chose d'important allait être dit.

– Que Dieu nous pardonne, nous les Marson… Je sais que des confidences faites à un homme d'Église ne suffiront pas à me faire passer la porte de saint Pierre. Mais je veux soulager le poids de ma honte et vous livrer les mots d'un secret qui n'a que trop duré.

Il toussa, se racla la gorge et se mit à faire, avec sa langue, un bruit qui, à nos oreilles, évoqua celui du battoir des lavandières. Il enchaîna :

– Il y a fort longtemps, à une époque que nous n'aurions pu, ni vous ni moi, connaître, la famille

Marson n'était pas celle qui vous reçoit. Car il y a des histoires qui commencent d'une certaine manière et se poursuivent d'une autre.

J'écoutais cet homme qui parlait avec maîtrise et réfléchissait au sens de son discours. Nous étions si différents de lui. Il prospérait dans l'ostentation de sa richesse, se couchait sur des coussins damassés, se pelotonnait au creux d'un lit en toile de Jouy. Autour de nous, la passementerie des rideaux mêlait la soie lourde aux cordons de laine et aux glands à franges. Au-dessus de nos têtes, un lustre scintillant ; sur les murs, des peintures et des ornements ; tout était fait pour attirer les regards. À l'évidence, ce monde et le nôtre n'avaient aucun point commun. Nous vivions dans une troglodyte[1] au milieu des bois et dormions dans le coin de la bicoque sur une paillasse bourrée de fougères. Lui était riche, possédait des terres et des vignes, un château en Normandie, un autre dans le Périgord. Il avait un intendant, des domestiques, des gardes et du personnel.

– Comprenez que si les choses avaient été laissées à ma décision, elles ne se seraient jamais produites ainsi…

Je ressentais vivement les différences qui existaient entre le comte et nous, et j'en éprouvais une certaine honte. Nous vivions dans la misère, habillés de vieilles hardes rapetassées, de culottes trouées et

1. Nom communément donné, dans la région, à une habitation troglodyte.

soutenues à l'épaule par un bout de toile de jute tressé comme une corde.

– … J'aime la vigne, poursuivit-il, je donnerais tout pour le vin, comme j'aime mon vignoble, comme j'aime ma terre ! Si en cet autre monde il n'y a pas tout ce que j'aime, je serai malheureux plus que je ne l'ai été ici. Si seulement je pouvais y retrouver mon amour… Mon ange d'espérance au cœur fragile, toi ma douce que j'ai tant déçue…

Je ne comprenais plus ce qu'il disait. Peut-être était-il en proie à des divagations, ou était-ce le malin qui commençait déjà à prendre possession de lui. Ses délires ou ses règlements de comptes avec la vie l'éloignaient de nous. Mais je pensais, plus simplement, que c'était mon jeune âge qui m'empêchait de comprendre le sens de ses propos. Mon père l'aida toutefois à ne pas trop s'égarer :

– Nous vous devons beaucoup, monsieur le comte, dit-il respectueusement. La terre et la troglodyte, nous savons que tout cela est à vous. Vous nous permettez d'en profiter, c'est une grâce de votre part. Mes enfants peuvent manger à leur faim ; toute ma vie je vous en serai reconnaissant.

– C'est justement de cela dont je souhaiterais m'entretenir avec vous.

Mon père se raidit, car cette terre était notre unique moyen de subsistance. Le noble se sentant quitter ce monde, notre lopin de terre et son potager grand comme un mouchoir de poche seraient cédés à autrui et nous serions tout bonnement expulsés.

– N'ayez crainte, fit aussitôt le noble. Cette terre est la vôtre et je vous la laisse de bon cœur. Non, ce n'est pas pour cela que je vous ai fait venir.

– Pourquoi est-ce, alors, monsieur le comte ? pressa mon père.

– Pour quelque chose qui va changer votre vie, à tout jamais.

Il se tut et sursauta comme nous autres lorsque la porte s'ouvrit à grand bruit et qu'un homme entra d'un pas de fou.

– Que faites-vous ici ? cria l'intrus qui nous toisait.

– Silence ! riposta le comte, sors d'ici, tu n'y as pas été invité. Sors !

– Non, père, je regrette, mais ce sont à ces pauvres de quitter les lieux !

– De quoi te mêles-tu ? Comment peux-tu oser ? Le vieux noble reprit son souffle et cria : Qui t'a prévenu de cette visite ?

Dans l'encoignure de la porte, Breteuil se voulait discret mais le vieil homme le soupçonna immédiatement de traîtrise. Il garda la tête basse, mais releva un œil sur le comte dont il attendit les remarques :

– Traître ! Tu es allé prévenir mon fils, tu es le pire de mes gardes. Je te chasse !

– Je me suis contenté d'obéir à mon maître, persifla le gredin. Dans quelques heures, vous ne le serez plus, de toute façon.

Décontenancé par cette insolence, le comte ne sut que dire.

– Assez ! ordonna le jeune homme qui nous faisait face. Je suis le vicomte de Marson et je vous ordonne de quitter les lieux, sinon je vous fais chasser par mes gardes !

La voix du vieil homme perdit de sa vigueur, gagnée par l'essoufflement :

– Je ferai en sorte qu'ils sachent tout, tu m'entends ? Tout !

Le jeune vicomte se mit à rire. Il tourna le dos à son père et nous fixa à nouveau. Les poings sur les hanches, il ironisa :

– Mon père a toujours aimé les misérables… Que voulez-vous ? Il a peut-être quelque chose à se faire pardonner…

– Mon pauvre fils. Tu m'as déçu si souvent. Je suis content de quitter ce monde, car au moins je ne te verrai plus.

Le jeune vicomte ne releva pas. Il était indifférent aux propos de son père, car bientôt il serait le maître. Il nous jaugeait comme à la foire, cherchant dans nos haillons et sur nos visages sales à comprendre ce que son père pouvait bien nous trouver de si attachant. Ma mère en tremblait et n'osait l'affronter du regard. Pauline se tenait derrière elle, tandis que mon père et moi attendions sans bouger. Le comte, qui s'était redressé un peu pour exprimer sa colère, avait épuisé ses maigres forces et, à présent, la joue sur un coussin, fermait les yeux car le mal le consumait comme un feu. Le sentant affaibli, le vicomte en profita pour lui envoyer le coup de grâce, ces mots qui l'expédieraient un peu plus vite à la mort :

– Croyez-vous que je puisse être fier d'un père comme vous ? Vous qui préférez des misérables à votre propre fils !

Commença alors une litanie. Il exprima tous les ressentiments, toutes les peines passées, évoqua les douleurs présentes et ne laissa à son père, pour unique sensation, qu'un flot de reproches accumulés depuis toujours. Devant nous, cet univers opulent s'effritait comme un parquet vermoulu. Le vicomte en oubliait ses « misérables » à qui il offrait le spectacle extravagant des coups portés à un moribond… Je le regardais poursuivre son monologue. C'était un garçon de grande taille, à la figure pâle, aux yeux perçants ou trop clairs, à la chevelure d'un noir corbeau et dont les boucles plaquées sur le front s'épaississaient sur l'occiput et cachaient sa nuque. Je ne l'entendais plus car il lançait ses reproches, agitait ses doigts bagués ainsi que les basques noires de sa jaquette de Florence. Le tout suivait l'amplitude de ses gestes car il était comme un professeur qui explique, juge et donne des leçons.

– Je redonnerai au domaine un éclat royal et j'obligerai les profiteurs à quitter mes terres !

Il n'avait pas trente ans et son orgueil démesuré le poussait à dire à son père qu'il se sentait déjà maître alors que le vieil homme n'était pas encore mort.

Puis il se tut, car, sentant qu'il en avait dit assez, il décida d'achever sa victime :

– Mais parmi les pires choses que vous m'ayez faites, il y en a une, bien honteuse. Vous m'avez privé de ma mère et vous avez fait de moi un malheureux. Soyez-en maudit !

Dédaigneux, il demeura immobile dans son habit d'étoffe sombre et ses bottines luisantes à boucle dorée. Il regardait son père, comme nous autres, et il me sembla alors que le vieil homme pleurait. Je crois que le vicomte, profitant de notre présence, voulait montrer que le pouvoir venait de passer entre d'autres mains et qu'il nous reviendrait de le faire savoir.

Mettant fin à la scène, il nous fit jeter dehors sans nulle autre politesse.

Sur le chemin du retour, pas un mot ne fut échangé. Mon père, inquiet, ressassait ce qu'il venait de vivre et les conséquences de la disparition du vieux noble. S'il en était affecté, il pensait avant tout à ses devoirs de chef de famille, à notre vie et à ce qui allait changer.

II

La forêt de Verrie promettait, à Pauline et à moi-même, une terre d'aventures, des moments de confidence et de paix.

Il suffisait de grimper à la cime du vieux chêne dit « des damnés », pour y apprécier la journée, sans en être inquiété. Au lendemain de notre visite au château, peu de temps après le lever du soleil, nous avions besoin de nous retrouver à l'écart des adultes pour rêver à ces histoires qui naissent dans la tête des enfants. J'étais à califourchon sur une branche, Pauline sur une autre, et ma sœur scrutait comme moi ces décors familiers. De ce poste de guet, nous pouvions observer le cœur de la commune voisine, Verrie. C'était un petit village aux maisons à pignons droits, faites de pierre de tuffeau pour la plupart et surmontées chacune d'une cheminée à moellons. À cette heure, pourtant matinale, les hommes étaient aux champs ou à la vigne. Les femmes et leur progéniture, pour beaucoup, demeuraient au logis.

À l'est, la forêt de Verrie poursuivait son étendue sur de longues plaines, coupées par les coteaux ou les fossés. Ici et là, dans une clairière, apparaissait une maison retirée sur la lisière : pénates sans âme, lézardés et déjetés par le vent. C'était le logis de ceux qui, comme nous, vivaient de peu de chose. Les *mousseaux*[1] n'avaient jamais vu les gens « du dehors », à l'exception, un jour, d'une visite impromptue qui avait marqué les esprits. Une longue colonne de soldats avait franchi nos sentiers et partait livrer bataille au nom d'un empereur qui, depuis, n'était plus là.

– Tu crois qu'il est mort, le monsieur ? demanda soudain Pauline.

– Je n'en sais rien, peut-être.

– Tu crois que papa est inquiet ?

– Oui. Je pense.

– Et l'autre monsieur, tu crois que…

En cette matinée, la cloche du village de Verrie se mit soudain à sonner. Puis de toutes parts, comme pour lui rendre la politesse, d'autres des communes de Saint-Hilaire-Saint-Florent, Pocé et Marson épandirent en chœur leurs tintements. Nous restâmes là, juchés dans l'arbre, à attendre ce qu'il allait se passer.

Les cloches poursuivirent à toute volée, des villageoises hésitantes finirent par sortir de chez elles et vinrent chacune à la rencontre de l'autre s'enquérir des causes d'un tel vacarme.

1. *Les habitants des maisons troglodytes.*

– M. le comte est mort ! cria un enfant, courant comme un diable.

Il se faufila entre les maisons, répétant comme le ferait le crieur public :

– M. le comte est mort !

Il fallait prévenir mon père. Pauline eut la même idée, et descendit à la hâte les branches du vieux chêne. Elle répétait joyeusement :

– M. le comte est mort !

La troglodyte était toute proche, nous y courûmes. En chemin, nous croisâmes René le braconnier qui, le havresac au dos et le collet à l'épaule, fut tout étonné de nous voir ainsi pressés :

– Oh ! Les garnements ! Qu'est-ce qui vous arrive ?

Et riant, Pauline poussa la voix :

– M. le comte est mort !

Nous franchîmes les sentiers épineux, les broussailles épaisses, riches en ajoncs, touffes de genêt, de pins, arbrisseaux entremêlés, ronces et halliers serrés ; la voix de Pauline répétant la nouvelle avait été perçue à des lieues. Des aboiements retentirent comme un écho affaibli. C'était Elfa, notre chienne au pelage brun, qui se lançait dans notre direction. Nous arrivâmes excités à la porte de notre logis : une piteuse troglodyte de plaine enfoncée dans une ancienne carrière et qui avait été creusée là, jadis, en plein cœur de la forêt de Verrie.

Pauline entra joyeusement :

– Le comte est mort !

Levant la tête, ma mère lui jeta :

– Veux-tu te taire, bécasse !

L'enfant s'arrêta net et la chienne qui continuait à remuer la queue s'entendit signifier par mon père :

– Va coucher, maudite chienne !

Elle vint se tapir à mes pieds et nous restâmes penauds, comprenant que notre effervescence n'était pas partagée. Mon père, qui avait arrêté sa besogne le temps d'une *bijane*[1], s'essuya la bouche d'un revers de main et, se levant, annonça à ma mère :

– On ira à la sépulture.

– Faut-il encore y être invités !

– Enfin, tu crois que ?…

– Oui, Gabriel. Je ne crois point que le vicomte acceptera de nous voir à l'enterrement du vieux noble.

Il baissa les yeux, un peu perplexe, puis les releva sur moi :

– As-tu vu René en venant ?

– Oui, père. Il allait vers le chêne des damnés.

– Et ses collets ?

– Vides.

Secouant la tête :

– Il braconne en pleine journée, il pourrait bien lui en coûter !

Ma mère qui jetait du sarment dans l'âtre lui répondit :

– Le comte était tolérant. Mais que va-t-il en être désormais ?

1. Soupe à base de vin rouge.

Il faisait tiède dans la vieille bâtisse souterraine et le feu noircissait doucement le cul d'une marmite. Paresseusement, comme un brouillard épais, la fumée de l'âtre montait jusqu'au plafond. Sur le sol de terre battue, posé sur des rondins croisés en carré pour le garder de l'humidité, un sac de sarments de vigne était à moitié vide. Dans un coin attenant à la cheminée, un lit de mauvaise facture servait de couchage aux parents ; Pauline et moi dormions sur la même paillasse qui se trouvait à son pied. Du côté opposé, le meuble de toilette, rongé par les vers, était devenu branlant sur le rondin de bois qui en remplaçait l'un des pieds. Aux chevilles fixées dans le mur étaient suspendues quelques *gailles* qui servaient à nous décrasser les mains et la figure. Et au milieu du logis se dressait une table de bois blanc flanquée de ses deux bancs hâtivement assemblés. Ce logis était la fierté de mon père, et mal en aurait pris à celui qui aurait osé ne pas en dire du bien.

– Il y a de l'ouvrage, déclara le chef de famille en se levant.

– Auras-tu des poireaux à me donner ?

– Oui femme, ils sont bons pour la soupe.

Il se coiffa de son tricorne brûlé par le soleil et, les sabots toujours crottés de boue, il gagna la porte.

– Reste à aider ta mère, dit-il à Pauline. Et toi Max, mets ton bonnet de laine et viens avec moi.

– Oui, père.

La coiffe sur la tête et les galoches aux pieds, je sortis avec mon père pour aller vers le potager attenant à l'allée qui contournait la maison. Il releva son tricorne et constata en scrutant le ciel :

– Il neigera plus. Neige pas souvent, ici.

– Père ?

– Oui, mon fils.

– Il va falloir partir ?

– Partir ? Grand Dieu, pourquoi donc et pour aller où ?

– Je ne sais point…

– Tiens, prends la binette et fais comme je t'ai montré. On ne partira jamais d'ici mon Max, tu m'entends ? Jamais ! Tu n'as point à t'en faire. Quand je serai mort, tu vivras ici avec ta femme et tes *queniaux*[1].

Ce lopin situé sur les terres du comte nous avait été offert, il y a fort longtemps, par l'un de ses aïeux. C'était un Tessier qui, bien avant que je découvre le monde, avait creusé de ses propres mains notre logis. Mon père profitait de cet acquis et vivait de ce que la terre voulait bien lui donner. Ici, comme sur l'ensemble du domaine appartenant au châtelain, le sol était nourricier. Le comte, généreux, nous en laissait l'usage et nous n'avions rien d'autre à faire que de cultiver et de manger ce que nous produisions.

Mon père me regarda et dit d'une voix entravée par le rhume :

---

1. Enfants, gamins.

– Regarde cette terre, mon garçon, regarde bien ce logis… Tout cela est beau, n'est-ce pas ? Ce sont tes ancêtres qui l'ont fait de leurs mains. Et tu es bien digne un jour d'y vivre et d'y mourir.

– Merci, père.

Le Gabriel n'attendait que ça, et si j'avais oublié de lui envoyer ce « merci » il m'en aurait voulu à m'en filer un coup de pied là où il fallait. Pourtant, la troglodyte ne faisait pas figure de luxueuse demeure, mais peut-être ne voulait-il pas la voir telle qu'elle était. Elle s'enfonçait dans le sol, comme un bateau en perdition, et souffrait depuis longtemps d'infiltrations. Mon père avait une préférence pour son potager, mais s'en occupait d'une étrange manière. Il y avait là trop de plantes, de hautes herbes folles et le lopin à demi dépouillé demeurait touffu, foisonnant, vivace et dru. Des pieds de mercuriale jaillissaient çà et là entre les cadres à légumes, les carrés de choux et les rangées de poireaux. Cette récolte était un trésor pour nos vies ; le Gabriel en échangeait une partie contre du lard, que ma mère frottait au sel et qu'elle conservait à l'abri de ceux qui n'y avaient pas droit…

Dehors, chaque bout de bois posé au goût du paysan était bordé d'arbrisseaux et de fleurs sauvages : des euphorbes réveille-matin, des minettes et des renoncules rampantes, des luzernes d'Arabie. Jusqu'au pied du pignon de la troglodyte, c'était la même abondance, le même désordre végétal, copieux et affranchi : les alliaires, les amarantes et les grandes bardanes bouillonnaient au creux des pierres. Les plus intrépides se lançaient à l'assaut des fenêtres biscornues, flanquées de carreaux opaques, ou se mêlaient à l'étreinte des fougères quand ce n'était pas celle du ruissellement lourd et sauvage des lierres. Lorsque l'on était dans ce logis, la clarté était couleur émeraude et tremblait aux croisées : roussie par les soleils d'été, grisée par les jours tourmentés. À l'occasion, lorsque les cieux d'hiver faisaient obstacle à un soleil déjà pâle, son verdoiement quelque peu passé par le froid demeurait immobile et terne. Mais en ces jours de froid intense, les insectes, ayant rallié d'autres lieux, laissaient le jardin silencieux et aux mains de son seul maître : mon père.

– Les poireaux n'ont pas de rouille, dit-il. Ta mère va être contente.

Je cherchais toujours à lui faire plaisir et je lui montrais que j'avais envie de travailler la terre à ses côtés.

– La soupe sera bonne !

Et il sourit à cette idée car, au fond, il ne se plaignait pas et vivait comme il le désirait, conscient que la chance était préférable au malheur. Si, à l'occasion, une vieille maladie lui arrachait des douleurs, elle lui avait aussi autrefois ouvert les portes de la liberté. Quand il avait été bon pour la conscription, le médecin militaire avait constaté qu'il souffrait d'une hernie. Une raison suffisante pour lui éviter de gagner le régiment et qui eut pour conséquence de l'envoyer au seul cantonnement dont il rêvait : son logis. Mais quelques mousseaux jaloux claironnèrent, auprès de ceux qui voulaient l'entendre, que le gars Tessier avait profité des largesses de M. le comte qui avait eu bonne âme d'offrir à l'officier recruteur de quoi renoncer à cette recrue…

Un peu gauche, je lui donnai le coup de main qu'il attendait. Il était si content de me montrer ses choux ou ses carottes sauvages et d'en commenter les vertus ! Je devais simplement, pour le ravir, m'extasier devant cette belle récolte de légumes qu'il s'empresserait d'exhiber à ma mère. Il était fier de son travail, content de subvenir aux besoins de sa famille. Mais il ne détestait pas pour autant le gibier. La nuit, il courait parfois le lièvre avec notre chienne Elfa dont il appréciait l'odorat. Il parcourait les terres du comte en braconnant ; l'homme, bonne âme, le laissait faire.

Avec sa figure brune et ses cheveux ébouriffés trop souvent au vent, il ressemblait aux métayers de la région. Il s'habillait la plupart du temps de la même veste courte à collet qu'on appelait carmagnole et dont l'origine remontait à la Révolution. Mon père n'avait qu'un seul souhait : vivre en paix, en espérant qu'on l'y laisserait.

Ma mère sortit avec un panier et vint le lui montrer.

– Comment le trouves-tu ?

– Les lamelles sont régulières, le tressage est serré et les oreilles sont belles !

– C'est ta fille, son premier panier.

– Elle se débrouille aussi bien que toi, ma femme !

Ma mère était humble comme lui. Elle aimait son mari et ses enfants, rêvait simplement qu'on lui laissât vivre une vie entière pour le faire. Au fond, elle était très semblable aux femmes de sa condition. Elle ne riait jamais car « trop rire fait pleurer », affirmait-elle. Elle avait des joues rondes et colorées comme celles de sa fille et, le plus souvent, s'habillait d'un tablier de cotonnade bleue, d'une blouse d'étoffe brune rapiécée et portait un mouchoir de coton à carreaux jaunes en guise de coiffe. Elle ne quittait ses sabots que pour aller dormir et, le dimanche seulement, se laissait choir sur son banc pour y fermer un peu les yeux.

Nous vivions tous les quatre dans l'ignorance, ne sachant ni lire ni écrire, mais nous n'étions pas sots pour autant. Mon père me transmettait les conseils prodigués par son père et m'expliquait qu'il ne fallait jamais juger sans savoir, prendre le temps de réfléchir avant d'agir et écouter ceux qui savent.

– Vas-y plus ardemment ! me conseilla-t-il.

La terre était raide comme une morte et, la binette entre les mains, je ne parvenais pas à grand-chose. Au fond, j'aurais préféré aller courir les sentiers d'ajoncs avec Pauline.

– Ah… grogna-t-il, tu n'as point envie ! Crois-tu que je ne le vois pas ?

Il sourit en coin et me confisqua gentiment l'outil.

– Allez, va faire le garnement avec ta sœur !

Il appréciait la présence de son fils, mais c'était seul qu'il préférait travailler.

– Maxime !

Justement, Pauline venait à moi toute ravie avec la chienne qui la suivait en faisant de petits bonds.

– Et faites attention aux loups ! cria mon père qui nous voyait déguerpir.

En chemin, Elfa, qui trottait à quelques pas devant nous, sentit une présence et aboya pour prévenir. René le braconnier était de retour et empruntait le même sentier. Il s'arrêta pour nous parler :

– Alors comme ça, le comte est mort ?

– Oui, confirma Pauline, il est mort cette nuit.

– Ils en causent aussi au village... Ils disent qu'on l'enterrera dans deux jours et que les gens du domaine ne sont point invités.

– Et pourquoi ? demandai-je.

– Je n'en sais rien. Il y aura le maire de Saumur, un grand curé d'Angers, mais, pour les braves gens comme ton père, c'est autre chose. À ce propos, est-il à son logis ?

– Oui, il remue le sol.

– Par Dieu ! Il fait si froid que la terre est comme la pierre !

Je haussai les épaules et il me gratifia d'un sourire :

– Faites attention à mes collets, souffla-t-il en partant, j'aimerais bien tâter du lièvre cette nuit !

Il poursuivit sa marche vers chez nous, où il était certain de se faire offrir une bijane.

Pauline tourna la tête vers moi :

– Si on allait au village ?

– Tu sais bien qu'ils ne nous aiment pas !

Nous, les mousseaux, nous n'inspirions aucune confiance aux gens des bourgs. Les Verrinois nous traitaient en mendiants et nous n'étions bien vus de personne, sauf des pauvres qui demeuraient dans des logis de quatre sous.

– Non et non ! répétai-je à ma petite sœur qui levait des yeux implorants sur moi, ils ne veulent pas de nous, tu comprends ? Ils pourraient bien aller se plaindre au vicomte et on aurait des ennuis.

Elle me regardait avec de grands yeux attristés. Je la dépassais d'au moins une tête, mes bras croisés comme un garde qui barre la route. Je lui montrai que son pouvoir de persuasion n'avait aucun effet sur moi et lui demandai à tout hasard :

– Mais qu'est-ce que tu veux y faire, au village ?

– Aller à l'église !

– L'église, pourquoi ? Veux-tu aller en confessionnal ?

– Non. Je veux brûler un cierge, pour le comte.

– Le comte ? Quelle drôle d'idée que tu as là !

– Cela fera plaisir à maman. Et puis, du paradis, il nous verra et je suis sûre qu'il aura envie de nous aider.

– J'en doute… Mère ne veut pas que l'on aille à Verrie, tu le sais.

Baissant la tête et les yeux sur ses sabots, elle me supplia alors d'une voix chuchotée :

– Allez, dis, hein… On y va ?

III

FACE À NOUS, la façade de l'église de Verrie apparaissait sans exubérance ni grande décoration sculpturale. Cette antique bâtisse de pierre et de bois avait dû être érigée à la hâte, sans doute à l'occasion d'une épidémie. La lourde porte ternie par les éléments grinça quand elle tourna sur ses gonds. Elfa resta dehors sur le parvis où elle demeura assise, la langue pendante et les oreilles couchées. Nous entrâmes dans un édifice vide et silencieux. Au fond, près du chœur, des cierges répandaient leurs lumières mouvantes. Nous avançâmes à petits pas, ne voulant pas attirer l'attention du Christ qui, pourtant, nous regardait.

– Veux-tu vraiment en brûler un ? demandai-je à voix basse.

– Oui, mais on n'a pas de sous.

Un coup d'œil sur la nef, le transept et le chœur ; les lieux étaient vides. En un tournemain, je m'appropriai un cierge déjà allumé, l'éteignis d'un souffle et le remis de suite à Pauline.

– Maintenant, il n'y a plus qu'à le rallumer, lui expliquai-je. Fais ta prière pour le comte.

Elle prit le cierge, puis, sur la pointe des pieds, essaya de lui redonner une flamme en prenant celle d'un autre.

– Attends, je vais t'aider. Je la soulevai par la taille.

– Tu y arrives ?

– Oui, oui.

Une fois les pieds au sol, elle fixa des yeux la petite flamme. Pauline était comme tous ces enfants qui n'ont rien et s'émerveillent de peu de chose.

– On peut y aller ? lui demandai-je.

– Qui est là ? cria quelqu'un.

La voix venait de nulle part et un homme en soutane sortit promptement de l'obscurité. Il avança vers nous d'un pas bruyant et s'arrêta à notre hauteur, les sourcils froncés.

– Auriez-vous donc perdu votre langue ?

– Non monsieur, répondis-je.

– Mon père ! corrigea-t-il. Tu ne viens donc pas à l'office le dimanche ? Votre nom ?

– Tessier, mon père.

– Ah ! Des mousseaux, c'est ça ?

– Oui, mon père.

Avec un sourire en coin comme pour afficher son mépris, il se dirigea bien vite vers le tronc accroché à l'une des colonnes. En un tour de clé, il ouvrit la boîte et examina ce qu'elle contenait.

– Rien n'a été volé, semble-t-il, serais-je arrivé à temps ?

Il revint vers nous, et Pauline fit un pas de biais pour se cacher derrière moi. Le curé, bedonnant, se courba, non sans mal, pour mieux nous fouiller des yeux.

– Et qu'êtes-vous venus faire ici ?

– Prier, mon père.

– Prier ? Vous qui ne venez pas à l'église !

– Quelquefois si, mon père. Mais nous sommes toujours au fond, au dernier banc.

– Ce sont là de bonnes places pour des gens comme vous. Où habitez-vous ?

– À la forêt, dans une troglodyte sur les terres de M. le comte.

– Près du vieux chêne ?

– Oui mon père.

Il releva la tête, eut l'air de faire un effort pour se souvenir et, quand le jour se fit dans son esprit, il poussa un grand « Ah ! ».

– Je vois, les mousseaux du chêne des damnés, ces mendiants choyés par le comte. Tout le monde se demande pourquoi, d'ailleurs. Désormais, on ne se posera plus la question et les préférences iront à ceux qu'il faut… Maintenant, sortez d'ici, j'ai fort à faire. Le décès du noble me donne bien du travail, je me dois d'organiser ses funérailles…

Pauline me tira par le pantalon. D'un geste qui allait de pair avec son propos, le prêtre nous balaya de la main :

– Allez, allez, ouste !

Il surveilla notre départ jusqu'à la porte qu'il entendit claquer. Dehors, Elfa se redressa et remua la queue. Le vent nous accueillit, glacial.

– En avant ! dis-je à la chienne qui n'y voyait pas d'inconvénient.

Pauline me donna la main et nous empruntâmes le bas-côté de la rue, au cas où des carrioles et des chevaux auraient à passer.

– Il n'est point gentil le monsieur en noir, me dit-elle.

– Son église n'est point belle non plus.

En vérité, nous n'y avions jamais mis les pieds car mon père se méfiait des curés. Il croyait en Dieu et ses saints, autant que notre mère, qui nous avait appris quelques prières et ce qu'étaient le diable et le paradis. J'avais menti à cet homme dont les questions posées avec trop de rudesse m'avaient laissé sur mes gardes. Nous quittâmes le parvis et ses marches de pierre, traversâmes la place d'un marché entourée de maisons basses, tandis que l'âtre enfumé d'une taverne dégageait des parfums des plus alléchants.

En chemin, nous croisâmes des têtes que nous ne connaissions pas. Malgré les générations de Tessier qui s'étaient succédé ici, les occasions de frayer avec les autres étaient rares ; d'un côté vivaient les pauvres, de l'autre les villageois, et au final chacun ne fréquentait que celui qui lui ressemblait. C'était ainsi que se déroulaient les existences dans ce village ordinaire régi par des valeurs et des coutumes ancestrales. Personne dans les ruelles ne nous prêtait attention.

– Il faut faire vite, dis-je à Pauline, il sera bientôt l'heure de la soupe.

L'angélus sonna midi et nous pressâmes le pas. Il fallait encore gravir la rue du Petit-Pré qui prenait un peu de hauteur et menait au sentier forestier. Ici se tenaient la boutique du maître boulanger et celle du maître boucher. Quelques clientes arrivèrent devant l'un ou l'autre des étals et, pour passer le temps dans les files, se mirent à palabrer sur le thème du jour : la mort du comte. Elfa s'arrêta pour scruter l'appétissant assortiment de têtes de bœuf persillées et les pieds de cochon gros comme ceux de la bouchère.

– Il va y avoir du changement, poursuivit une dame qui portait un gros manteau à capuchon.

– Vous croyez ? lui répondit une autre aux épaules couvertes d'un épais châle de laine.

– On dit que le vicomte veut chasser les mendiants de la forêt, comment les appelle-t-on déjà ?

– Les mousseaux !

– C'est ça. Il veut récupérer ses terres pour y planter de nouvelles vignes.

– Le vicomte veut-il donc détruire la forêt ?

– Une bonne partie, oui. Cela va faire venir les bûcherons, les fagoteuses, les écorceurs, plusieurs centaines… Plus tard, il faudra aussi des gens pour s'occuper des vendanges. Ce seront de nouvelles richesses pour notre village.

– Et que vont donc devenir les pauvres qui vivaient en ces lieux ?

– Je ne sais pas. Il n'est pas prévu qu'ils participent à cela. La plupart sont dépourvus d'intelligence, au point d'en être infirmes. Ces miséreux iront à Saumur pour y mendier. Que voulez-vous, c'est Dieu qui a voulu cela...

– Comme c'est terrible...

– Nous n'y pouvons rien...

Je restai muet et incapable de bouger. Alors que nous étions si proches de ces dames, nous demeurions invisibles à leurs yeux. Elles poursuivirent leur conversation, à la fois légère et amusée, se complimentant l'une et l'autre de leurs splendides coiffes ou de leurs si belles toilettes. Nous nous remîmes à marcher mais l'entrain me manquait et j'avançais la tête basse, oubliant Pauline qui me tenait la main. Nous empruntâmes les venelles et les impasses pavées, puis nous gravîmes la rue du Petit-Pré couverte d'un tapis de cailloux. Vinrent enfin les chemins de terre qui nous éloignaient plus franchement du village et depuis lesquels nous entendions encore frapper un sabot de fer. Pauline s'inquiéta de me voir ainsi :

– T'es tout triste ?

– Mmm.

Elle attendit une suite mais, me sentant obstiné dans mon silence, elle me lâcha la main et fit quelque chose d'inattendu. Elle esquissa de grands gestes et sa voix résonna comme celle du comédien qui déclame :

– Comme c'est terrrrrrible ! Et que vont donc devenirrrr ces miséééérrrââââbles qui vivêêêêê en ces lieux ?

Une fois la surprise passée, le fou rire me prit.

– Il y aurrra des bû-che-rons, des fa-go-teuses, des é-cor-ceu-rrres…

Je ris un peu plus fort, puis elle lâcha cette autre réplique sur un ton ostensiblement pathétique, exagéré au point que mon rire ne s'arrêtait plus :

– Nous n'y pouvons rien !

La fillette n'en resta pas là et poursuivit ses imitations, refit les gestes, pasticha les mimiques et les manières bourgeoises. Je me mis à jouer avec elle, lui donnant la réplique, et ensemble, nous nous esclaffâmes de bon cœur sur le sentier du retour qui marquait, comme une frontière, le passage d'un monde à un autre. La forêt et ses arbres protecteurs nous accueillirent en musique. En un vaste ensemble foisonnant, les chants des grives, des mésanges et des rouges-gorges résonnaient de partout. Tout ce monde fourmillait, ivre des effluves qui montaient du vaste herbier de plantes et d'arbustes sauvages, nous grisant à notre tour. La forêt de Verrie était un refuge pour Pauline et moi, une compagnie salutaire, car ces lieux, même en hiver, étaient un havre que, pour rien au monde, nous n'aurions voulu voir disparaître.

Quand nous arrivâmes à la troglodyte, nous étions essoufflés et transpirants. Pas un seul instant, nous n'avions imaginé ce qui nous attendait derrière la vieille porte.

Pauline entra la première et fut aussi surprise que moi de voir plusieurs têtes se tourner vers nous. La fillette, gênée par le silence que notre arrivée avait provoqué et par tous ces regards, courut se cacher dans les jupes de notre mère.

L'enfant releva la tête et dit :

– Ils veulent casser la forêt !

– Je sais, ma Pauline.

Tout le monde savait. Autour de nous, il n'y avait que des hommes, des visages familiers : des métayers, des journaliers, qui tous vivaient dans des maisons délabrées disséminées à travers la forêt. Mon père demeurait assis sur son banc, les coudes posés sur la table et les mains près de la bouche. Il était inquiet :

– Il va bien falloir trouver une solution, fit-il. On ne va point attendre et ne rien faire !

– Il faut se révolter ! proposa sa femme.

– Mais nous sommes tous sur les terres du vicomte, lui répondit un homme près de la fenêtre. Faut-il se révolter contre quelqu'un qui nous donne le logis ?

Je retournai un seau vide et m'y assis. Elfa se coucha en rond à mes pieds. René le braconnier était à côté de mon père et prit la parole :

– Et puis, si on nous chasse, où irons-nous ? Nos parents ont toujours vécu ici…

– Pour l'instant, ce ne sont que des bruits de bonnes femmes, tempéra un autre. Il faut attendre que la nouvelle vienne du vicomte lui-même.

– Je crois que c'est fait, lança mon père, que tout le monde écouta. J'ai vu le vicomte quelques heures avant la mort du vieux noble. Il prétend vouloir chasser les profiteurs de ses terres.

– Les profiteurs, reprit durement un teigneux qui le fixait. Dis-moi, le Gabriel, tu es bien le seul à Verrie qui n'ait jamais donné de sous ou une partie de sa récolte au châtelain ! Et tout le monde sait aussi que tu n'as point mis les pieds au régiment, parce que le comte avait été généreux avec l'officier recruteur ! Comment expliques-tu cela ?

– Je n'en sais rien…

– Du calme, coupa René sans se fâcher. Tu te trompes. D'autres, d'aussi pauvres, n'ont jamais donné un sou au château. On va quand même pas leur en vouloir ! Et puis, si le Gabriel a échappé au régiment, tant mieux pour lui, non ?

Un murmure d'approbation le conforta dans cette pensée. Le teigneux se tint à l'écart.

– Il faut garder notre colère pour le vicomte, s'écria le braconnier, et faire comme à la Révolution : soyons unis !

Un homme au visage marqué par la vérole proposa :

– Il y a des lustres, le comte avait une fille. Il suffirait de la retrouver et de lui demander de nous aider. J'ai entendu dire qu'elle était aussi généreuse que lui…

– C'est impossible, répondit sèchement un homme. Mon frère, qui travaille à la propriété du notaire de Saumur, a appris de sa bouche qu'elle avait quitté le domaine de Verrie le jour de ses seize ans. Depuis, on ne sait point ce qu'elle est devenue.

– Elle a été mariée ! déclara ma mère avec certitude. Elle ne s'est jamais entendue avec son frère, au point d'en devenir folle. Le comte, pour s'en défaire, a décidé de la mettre dans une institution. Elle est la dame d'un seigneur de Normandie, à ce qu'on dit. Et c'est pour cela d'ailleurs que la comtesse se serait ôté la vie…

Si ma mère était convaincue de la véracité d'une telle histoire, en revanche, pour les autres, il ne s'agissait que d'une rumeur. Mon père se leva et s'exclama :

– Nous irons à l'enterrement !

– Tu es fou ! s'exclama sa femme. Ils te chasseront !

– Nous irons ! Et on montrera au village que l'on aimait bien le vieux comte.

– Et qu'on n'a pas l'intention de se faire chasser d'ici, ajouta René le poing serré.

– Bien dit ! agréa un autre.

L'idée fut accueillie par un brouhaha de commentaires ; le bruit montait autant que l'inquiétude et la colère. Puis, quand l'accalmie se fit, mon père proposa :

– On partira d'ici et on ira à l'église. Si les gardes nous cherchent querelle, nous leur répondrons !

L'excitation dura au point que l'on eut du mal à entendre ma mère qui pourtant élevait la voix :

– Du calme ! Du calme ! Gardez vos herses, houes et faucilles à vos logis. Nous irons pour nous montrer, mais point pour mener bataille !

C'était une femme à poigne et le silence qu'elle venait d'obtenir le prouvait. Elle ajouta :

– Nous ne sommes point des criminels, mais des braves gens qui veulent vivre en paix. Cela aussi, ceux du village doivent le savoir !

– Tu as bien raison, soutint mon père. Nous irons, pour nous montrer !

Au milieu du bourdonnement des conversations, mes parents reçurent accolades et témoignages de sympathie. La solidarité des mousseaux leur était acquise et sans le vouloir ils étaient devenus le symbole d'une lutte. Les sourires flottaient sur les visages des indigents comme si, soudain, ils avaient retrouvé un peu d'espoir. L'ambiance devint plus chaleureuse encore quand certains sortirent de leur havresac des bouteilles de piquette qu'ils débouchèrent. Les timbales s'entrechoquèrent et on trinqua à la mémoire du vieux noble, quand ce n'était pas à la gloire de saint Fiacre.

Bientôt, le soleil déclina et, pensant qu'il était temps de retrouver leur épouse, les hommes s'en allèrent après de chaleureuses poignées de main. Mon père, dont la tête s'était mise à tourner, se coucha sans même avaler une soupe. Il rêva sans doute à ses ancêtres. Peut-être espérait-il qu'ils seraient fiers de le voir ainsi défendre avec tant d'opiniâtreté ce bien qu'ils lui avaient un jour légué.

IV

MON PÈRE DÉLIRA toute la nuit. Touché brutalement par la fièvre, il grelottait et grinçait des dents. Ma mère se releva et le veilla, lui épongea le front et le couvrit davantage, maugréant :

– Quelle idée de besogner quand les vents sont si mauvais…

Nous ne pûmes trouver le sommeil car, sous l'effet de la fièvre, mon père donnait de la voix :

– Ne tuez point ma chienne ! criait-il. Faut point la tuer…

– Vas-tu donc lâcher mon homme, maudit mal !

Au petit matin, l'aurore donna plus de certitude au pourtour des objets. Ma mère évacua le pot de vomi et prépara une marmite d'eau.

– Il me faudrait des racines d'astragale, me dit-elle. Va m'en chercher, mon Max.

– Oui, mère.

Quand je revins, mon père se tenait assis sur sa couche, dos au mur. Son visage était couvert de sueur et ses yeux rougis. L'eau bouillait dans l'âtre et Pauline surveillait le feu.

– Vas-y, ma Pauline ! s'écria notre mère. Fais ce qu'il faut.

La fillette avait un don pour préparer des remèdes efficaces. Un jour, elle avait soigné l'infection de notre chienne dont la patte avait été prise dans un collet.

Elle me débarrassa des racines qu'elle jeta dans l'eau et dont le bouillonnement cessa bien vite.

– Il faut attendre, dit-elle à notre mère. Elles doivent devenir molles comme des vers.

Quelques heures plus tard, paysans, mousseaux et garçons de ferme franchirent de nouveau la porte de notre logis. Ils venaient nous chercher afin d'aller, comme cela avait été convenu, à l'église du bourg de Verrie. Ils furent peinés de trouver leur ami Gabriel à la figure plus pâle qu'un drap de lit.

– Il viendra point, déclara d'emblée ma mère. Il a encore du mal à me reconnaître !

– Qu'il se repose, lui répondit René le braconnier, pourtant très déçu. Veille sur lui, la Marie-Jeanne, et rends-le-nous en pleine forme.

Je fixai ma mère qui comprit mes intentions et proposa alors :

– Allez-y, mes enfants. Soyez prudents et vous viendrez me raconter.

Pauline chaussa ses sabots et nous nous joignîmes à ce groupe fort d'une douzaine de gaillards qui fila comme un seul homme vers la forêt. En chemin,

Pauline sifflota *Il pleut bergère.* Les hommes discutaient avec bonne humeur. Tout ce petit monde paraissait serein. Il n'y avait pas de mauvaises pensées dans ces esprits, mais je ressentais en chacun de nous la plus farouche des intentions : revendiquer notre droit d'exister.

Nous descendîmes les sentiers bordés de boqueteaux en taillis, puis traversâmes de petites clairières où, en guise de clôture, s'entrecroisaient de courts buissons. Nous fîmes silence au moment où nous arrivâmes en haut d'un tertre qui dominait le village. Nous avions une vue d'ensemble de la route principale ainsi que de la place de l'église. Pauline ne sifflait plus.

– Bon sang, s'écria René tout étonné, on ne sera point les seuls !

De nombreuses voitures à cheval attendaient en bordure de chemin tandis que d'autres allaient et venaient, s'arrêtant pour permettre aux passagers de descendre. Je n'en avais jamais vu autant et d'aussi belles. Nous restâmes à regarder ces bourgeois, ces riches domestiques, qui sortaient de leur coupé avec tant de manières.

– Mais d'où est-ce qu'ils viennent, tous ces riches ? demandai-je.

Ces messieurs arrivaient seuls ou en couple, satisfaits d'eux-mêmes. Les femmes, arborant de grosses pierres montées en bague ou en sautoir, rivalisaient d'éclat. De jolis enfants à la figure fraîche et proprette ne cachaient pas leur plaisir d'être invités.

Tous convergeaient de leur pas important vers la place de l'église. Cette noblesse ou ces notables se livraient à bien des exhibitions, créant des tableaux vivants que nos yeux, étonnés, ne se lassaient pas de contempler.

– L'église ne sera point assez grande pour nous tous ! m'écriai-je alors.

– Faudrait-il encore qu'on nous laisse y entrer, me rétorqua René.

Devant nous, d'autres gens, bien plus pauvres que les bourgeois, mais aux habits plus présentables que les nôtres, se contentaient d'assister en simples curieux à cette mascarade humaine si tristement composée de faste, de petitesse, de prétention et de rivalité.

– On n'est point pires qu'eux ! lâcha René avec force. Allons-y !

Il entraîna avec lui ces braves gens qui n'avaient pas envie de s'apitoyer sur eux-mêmes. Mais je ressentis en cet instant un changement de comportement : l'ambiance bon enfant n'y était plus... Nous descendîmes la colline en un rien de temps et nos pas décidés martelèrent le chemin qui conduisait tout droit à la place de l'église.

– Il n'y a point de gardes ! s'étonna René.

– C'est peut-être que le vicomte a changé d'avis, lui répondit un autre.

Nous approchâmes du parvis et, déjà, des colonnes d'invités se pressaient devant le portail de l'église. Certains nous examinèrent de la tête aux pieds et détournèrent vite leur regard de ce qui semblait salir leurs yeux.

Au-dessus de la porte, des draperies de velours noir avaient été tendues et un écusson aux armes du comte servait d'attache aux deux pans. Pauline leva la tête et s'exclama avec un sourire :

– Comme c'est joli !

– Ce n'est point pour tes beaux yeux, lui répondit René.

Toujours aucun garde en vue. Nous continuions pourtant à les chercher du regard. Autour de nous, les notables se pressaient. Collés les uns aux autres, soudés, nous fûmes peu à peu poussés au fond de l'église, comme un paquet encombrant que l'on chercherait à mettre de côté. La foule allait, venait, grouillant derrière les rangées de chaises. Dans cette cohue, des gens se reconnaissaient. Le notaire et l'huissier se saluaient, les nobles, préfets ou généraux, échangeaient des sourires, les curés et les abbesses de Fontevraud se faisaient des courtoisies. Tout ce petit monde endeuillé venait juger de l'effet des toques noires agrémentées de plumes, des robes de jour en laine sombre, des galons de soie noire, des escarpins fraîchement sortis des boutiques. Nous n'osions plus dire un mot, car nous savions notre présence peu désirée. Ainsi, debout en un lieu mal éclairé, coincés entre deux colonnes et boudés par les riches, nous avions la certitude de ne pas déranger. Pauline observait, tout comme nous, ce cérémonial. Nous écoutions les conversations, les présentations, car la cérémonie n'était pas près de débuter. Étaient cités : M. le lieutenant général comte de La Ferrière-l'Évêque, commandant de l'école de cavalerie, M. le directeur de la prison d'État du château de Saumur, M. de Beauregard, commissaire général chargé de présider aux règlements de police. Ou encore : Mgr l'archevêque de la maison de l'Oratoire des Ardilliers, messire de Gréat, trésorier du chapitre à qui il manquait un œil et une oreille. Puis apparut M. Charles-Thibault Persac, maire de Saumur, avec son grand uniforme d'apparat et escorté de quatre échevins conseillers du roi.

En quelques minutes, nous avions pu voir et entendre d'illustres personnalités, pour la plupart saumuroises, et qui venaient ici non pas pour pleurer la mort du vieux comte, mais pour se montrer.

Alors que tout le monde était là à attendre et à palabrer, les deux battants de la porte s'ouvrirent d'un coup, laissant apercevoir le devant du cercueil qui s'avança vers la nef comme s'il eût été en lévitation. Le silence se fit.

– Qu'est-ce qui se passe ? bredouilla Pauline.

Un homme d'Église précédait le défunt et récitait à voix basse l'antienne *Exultabunt.* Quatre porteurs en grande tenue de valet avançaient au pas tandis que les invités, qui s'étaient levés, observaient le cortège. Derrière le cercueil, un homme suivait seul, raide, dans un costume dont l'unique note de couleur était ses manchettes cousues d'or. Le vicomte regardait droit devant lui, avançait solennellement, le visage aussi dur que la pierre de l'édifice. Impossible de discerner la moindre émotion dans ce faciès fermé. Puis il vint prendre place au premier rang, où il demeura aussi immobile que le cercueil qui venait d'être posé sur son catafalque. Les quatre valets, tête baissée, disparurent à petites foulées, tandis que l'homme d'Église, qui n'était là que pour le psaume *Miserere*, alla se faire oublier du côté de la travée.

Débuta enfin le cérémonial funéraire. Le curé de Verrie sortit de derrière l'autel et apparut, triomphal, comme s'il entrait en scène. Mais il courba bien vite le dos à l'approche d'un second prêtre qui portait une soutane d'un rouge flamboyant. L'homme était plus âgé, plus solennel, le curé paraissait bien ridicule et fat à côté de cet ecclésiastique. Il prononça quelques mots que les gens au fond de l'église ne purent entendre, puis fit silence.

– C'est qui ? me demanda Pauline.

– Chut ! lui répondis-je.

Assis au dernier rang, je reconnus Breteuil, le garde du château, qui nous remarqua aussi. Il se leva, bien décidé à venir nous voir. Il longea le bas-côté, passa entre les colonnes et se posta devant notre petit groupe à qui il lança :

– Que faites-vous là ?

– On est là pour M. le comte, rétorqua René. Vous n'avez point à nous l'interdire !

– Sortez !

– Non…

Il jeta un regard de biais à cette illustre assistance qu'il aurait été mal venu de déranger et prit soin de chuchoter :

– M. le vicomte ne tient pas à vous voir ici. Partez !

– M. le vicomte, on s'en moque. Laissez-nous à nos prières.

– Mais…

– Allez au diable ou c'est nous qui allons vous chasser de là !

Le garde nous jaugea sans un mot. Il jeta un second coup d'œil sur cette belle assemblée et mesura les conséquences d'un scandale sur sa misérable existence. Il fit un pas en arrière et dit :

– Vous aurez affaire à moi. Messire de Marson en sera informé !

– Gna gna gna ! pasticha Pauline.

Après une volte-face, il regagna sa place où il demeura le visage fixé vers l'autel. L'homme en rouge enleva sa chasuble, mit une chape noire puis commença à prononcer des prières. Le curé du village, qui gardait ses distances, était seulement là pour le servir, tout le monde les regardait, à l'exception de ceux qui commençaient à s'assoupir.

– *Gloria in excelsis Deo et in terra pax hominibus bonae voluntatis…*

Pauline me tira la main et leva les yeux sur moi :

– Qu'est-ce qu'il dit ?

– Tais-toi !

Il se passa alors un événement qui me priva de toute réaction. Sans même m'en aviser, ma sœur s'éloigna du groupe. Le plus tranquillement du monde, elle traversa la nef, puis une bonne partie de l'allée centrale où elle s'assit, jambes croisées, coudes sur les cuisses et tête posée sur ses mains. Elle était à quelque distance du vicomte et suivait du regard l'homme en rouge qui continuait à psalmodier des prières et à manipuler des objets étincelants. Je gardais les yeux écarquillés sur elle, alors que les gens du groupe me fixaient, le regard lourd de reproches. D'un haussement d'épaules, je leur signifiai mon impuissance. René me souffla à l'oreille :

– Ta drôlesse de sœur va nous faire avoir des ennuis !

– Veux-tu que j'aille la chercher, René ?

– Il le faudrait. Car nous ne sommes point les bienvenus ici et ces nobles nous feront la guerre pour avoir osé nous mélanger à eux !

Je courbai le dos et courus vers Pauline avec autant de discrétion que possible. Je m'assis à côté d'elle ; elle me regarda alors avec un sourire et me confia :

– Alors toi non plus, tu comprends point ce qu'il dit ?

– Veux-tu revenir immédiatement, vilaine !

Elle posa son index sur sa bouche afin de m'exhorter au silence. Les lieux résonnaient ; nous ne risquions pourtant pas de déranger un auditoire déjà somnolent.

– Tu n'as point le droit d'être ici, insistai-je. Reviens avec nous !

– Écoute les gens, me dit-elle. Écoute donc ! Entends, ils n'arrêtent point de causer…

J'observais l'auditoire et ses bonshommes aux mains posées sur leur ventre replet, au visage alourdi de leur triple menton et aux yeux révulsés que des paupières couvraient à demi. D'autres poussaient des soupirs ou rêvassaient, quelques-uns, effectivement, se penchaient à l'oreille du voisin pour murmurer des propos qui n'avaient peut-être rien à voir avec la cérémonie.

Je tentais d'écouter :

– … Trente mille muids de vin que le vicomte espère ainsi ajouter à sa production annuelle.

– Il lui faudra du temps avant d'arriver à un tel rendement. Il devra commencer par déboiser quelques arpents de sa forêt et ce ne sera pas chose facile.

– Vous verrez, il se pressera.

L'homme avait dit cela avec l'importance de ceux qui sont dans le secret des dieux. Puis il ajouta, sur le ton de la confidence :

– J'ai ouï dire par l'un des négociants de la riche maison Barreau, fabricant de chapelets à Saumur, que ladite maison serait devenue le principal actionnaire du vicomte de Marson. Elle lui aurait déjà commandé du vin à un prix négocié très en dessous du marché.

– C'est fort probable. J'ai ouï dire aussi que cette même maison a l'habitude d'offrir des cadeaux aux établissements religieux qui lui passent des commandes régulières. Messire de Gréat, trésorier du chapitre, en serait d'ailleurs très friand, à ce que l'on dit.

– Des cadeaux qui favoriseront bien des commandes…

– Les chapelets vont se vendre comme des petits pains !

Il pouffa un peu et retint son rire en couvrant sa bouche d'un mouchoir, puis ajouta :

– Le vicomte est décidément un ingénieux négociant.

– Et un homme d'affaires remarquable ! Il a su trouver de généreux actionnaires parmi les notables de la ville. Il n'a pas eu besoin de toucher à ses propres deniers…

– En ce point, il est bien meilleur que son père.

– En d'autres aussi !

Ils s'esclaffèrent en silence, et Pauline, qui avait entendu, attira mon attention sur d'autres conversations :

– Quel bel homme ! minauda une femme, pourtant d'un âge mûr. Serait-il toujours sans conquête ?

– Il semblerait bien, gloussa sa voisine, qui observait le vicomte à travers des lorgnettes.

Puis, se faisant langoureuse :

– Mon Dieu, il est aussi beau que fortuné…

Les deux femmes ne lâchaient pas des yeux le noble qui demeurait de marbre et était peut-être, au fond, le seul à écouter l'officiant. La femme agita son éventail puis s'en couvrit la bouche lorsqu'elle murmura à l'oreille de sa voisine :

– Il serait temps pour lui de trouver une épouse.

– On dit qu'il aurait eu une idylle avec la veuve du comte de Talmont, Mme de Saint-Antoine.

– Cette grue ? rougit la femme à l'éventail. Elle est toujours fagotée d'une robe qui lui serre les cuisses.

– Que voulez-vous ma chère, ce sont ces vêtements d'aujourd'hui, ils ressemblent à un linge mouillé pour mieux épouser la peau…

Pauline souriait car tout cela l'amusait. Elle me souffla :

– Ce sont Mlles de Salebire et de Montfort, j'ai vu quelqu'un les montrer du doigt tout à l'heure et en dire du mal. Et ces messieurs qui parlaient du vicomte se sont présentés à d'autres en entrant dans l'église. Ils s'appellent Gardon et Lemonnier, ils font le commerce du chanvre.

J'étais étonné par tant de précision. Pauline observait, écoutait et retenait jusqu'au moindre détail ce que ses oreilles pouvaient entendre. Dans la forêt, elle était capable de différencier le chant d'une grive de celui d'un pinson. Elle connaissait le nom de tous les oiseaux, leurs musiques singulières, mais savait aussi les passages qui menaient au plus court au travers des taillis et le nombre de bêtes que contenait un enclos, remarquant tout de suite quand il en manquait une.

– Tu sais qui sont ces gens ? lui demandai-je.

– Ils causent comme des pies ! Il suffit de les écouter…

Je serrai la petite fille contre moi et lui murmurai :

– Ma sœurette, comme tu es intelligente.

– Comme tu l'es aussi mon Max.

Je l'embrassai sur le front, puis lui secouai gentiment la joue :

– Allez, vilaine bécasse, il faut rejoindre les autres, maintenant.

Soudain, je redressai la tête d'un coup, car une odeur gênante venait de me mettre en alerte. Je parcourus du regard les murs de l'église en quête de ce qui n'allait pas. Pauline s'étonna d'un tel comportement :

– Qu'est-ce qui t'arrive le frère ?

Si elle avait un don pour comprendre l'incompréhensible, j'avais celui de déceler une odeur, si subtile fût-elle, et à plusieurs pieds de distance. Je me mis debout avec une telle soudaineté que les dormeurs sursautèrent, les têtes convergèrent et le curé, plus rouge que sa soutane, en fit tomber son calice. Je criai :

– Au feu !

Ils demeurèrent plus immobiles que des gargouilles et me regardaient comme si je n'avais plus toute ma raison.

– Au feu, par Dieu !

La flamme grimpa le long de la colonne couverte d'un tissu damassé. Quand elle atteignit le plafond, elle embrasa l'étoffe de velours noir qui avait été suspendue pour le décorum. À cet instant, les cris de panique se déclenchèrent comme un tocsin. J'attrapai Pauline sous le bras et fis comme tout le monde en cet instant : courir au plus vite vers la sortie.

V

Ce qui avait été un auditoire paisible se transforma rapidement en une foule furieuse. La réserve et la courtoisie n'étaient plus de mise. Tous se précipitaient vers la nef et se bousculaient ardemment pour atteindre les portes. J'agrippais Pauline, craignant de la voir emportée par ce flot humain. Il devenait impossible d'apercevoir René et nos amis. Un vitrail se brisa sous l'impact d'un projectile qui nous fit tous lever la tête. L'objet incandescent se pulvérisa au pied du confessionnal et le feu embrasa le mobilier. D'autres boules incendiaires traversèrent un à un les vitraux. En cet instant, nous comprîmes que l'incendie n'avait rien d'accidentel et que quelqu'un cherchait depuis l'extérieur à s'en prendre à nos vies.

– Les portes sont bloquées !

L'homme avait dû hurler pour couvrir le bruit d'une foule qui grondait. Par cette affreuse nouvelle, il provoqua une panique encore plus grande.

– Colle-toi à mon droguet, dis-je à Pauline.

Elle s'accrocha à mon paletot tandis que je tentais un passage en force.

– Maxime ! cria-t-elle.

– Faut point que tu t'inquiètes ! lui répondis-je.

Les coiffes tombaient, les corps s'affaissaient, et les femmes aux pierres précieuses se retrouvèrent piétinées par des hommes vigoureux qui, quelques minutes plus tôt, leur avaient fait le baisemain. Le sol de l'église se retrouva couvert de gants, de réticules, de lorgnettes et de châles de cachemire. Je ne réussissais pas à progresser dans cette foule et, d'ailleurs, pour aller où ? Puisque les portes étaient fermées… Des rafales de vent s'engouffrèrent dans l'église par les vitraux brisés, et le feu ainsi attisé trouva plus de vigueur. Conscient de cette menace, la foule serrée aux portes tambourinait en hurlant :

– Au secours ! Au secours !

La chaleur devenait étouffante. Pauline se mit à pleurer. Je jetai sur elle un regard anxieux et vis dans ses yeux la peur de mourir.

Soudain, une main lourde pressa mon épaule.

– Venez avec moi, cria René qui nous poussa vers l'autel.

Sa présence me redonna espoir.

– Il y a forcément une sortie derrière ! ajouta-t-il.

Il nous éloignait de la porte principale, là où se concentrait le gros de la foule. Les chaises renversées étaient dévorées par les flammes. La hauteur de celles-ci atteignait le socle des statues et la Sainte

Vierge sculptée dans du tilleul se retrouva vite en enfer. René espérait nous faire passer à travers ces obstacles pour tenter d'atteindre le chœur car, au-delà, pensait-il, il y avait une issue.

– Sois courageuse comme ta mère, lança-t-il à Pauline. Je fixai le braconnier avec l'expression de celui qui perd espoir et m'écriai :

– On peut point passer René, regarde !

Le feu formait une ligne, un barrage qui coupait l'église en son milieu.

– Aide-moi donc, me répondit-il. Prends ça !

À proximité, deux bancs avaient été oubliés par les flammes.

– Fais comme moi !

Il prit un banc par une extrémité et se rapprocha du brasier à l'endroit où il était le moins vif. À cette distance, il subissait les assauts de la chaleur et risquait les projections de morceaux incandescents. Il tenta, le visage rougi, d'écarter le feu dans l'espoir de se frayer un passage. Je lui prêtai main-forte à l'aide du second banc. La chaleur était cuisante au point que je ne pus tenir qu'un temps infime. Je fis trois pas en arrière pour reprendre mon souffle, laissant le banc me tomber des mains.

– Reviens ! cria René qui était plus solide que moi.

J'hésitai. Je vis Pauline qui me regardait fixement alors que dans son dos se dressait un mur de flammes dont elle n'avait pas conscience. Il était encore à distance, mais pour combien de temps ? Je saisis le banc et me mis à dégager le brasier. Je sentis la chaleur me cuire le front ; mes cheveux, sous l'effet de la combustion, roussissaient. La peur et la brûlure des flammes m'arrachaient des larmes, je ne voulais pas renoncer : pour Pauline, il le fallait. Malgré la fumée qui me piquait les yeux, je tentai encore et encore d'éloigner le brasier.

Un passage apparut, enfin. J'étais conscient qu'il ne tiendrait pas, car les flammes ainsi écartées auraient tôt fait de reconquérir leur territoire perdu.

– Allons-y ! cria René.

Il s'approcha pour prendre Pauline dans ses bras mais je m'y opposai. Je serrai l'enfant contre moi et emboîtai le pas au braconnier, qui, sans une hésitation, emprunta le passage. Derrière lui, je sentais l'effroyable chaleur, les flammes ressemblaient à un monstre à plusieurs bras, menaçant à tout instant de nous étouffer. Si j'avais pris le temps de réfléchir, je n'aurais jamais suivi le braconnier dans cet enfer. Ma tête commençait à tourner, les volutes de fumée m'irritaient le nez et les yeux. Je ralentis le pas dans ce qui me semblait être le chemin du purgatoire. Je titubai. Pauline, contre moi, sanglotait et je manquai de m'écrouler, quand René agrippa mon bras et me tira à lui. Puis, la voix enrouée, il m'ordonna :

– Penche-toi !

Je me mis au ras du sol, où l'air était plus respirable. René attrapa Pauline et l'éloigna encore. À quatre pattes, suffoquant, toussant à m'en déchirer la gorge, je levai mes yeux rougis vers le braconnier et vis à ses côtés ma petite sœur qui me regardait, comme frappée d'effroi. La voir vivante me rassura. Je tentai de me redresser, mais des vertiges me firent voir des étoiles. Je m'affaissai. René me prit le bras, le passa autour de son cou et m'entraîna avec lui.

– Ça va aller, petit, me dit-il.

Il me fit asseoir au pied d'une colonne où l'air n'était pas vicié et se pencha sur moi :

– Tu respires ?

Je lui fis signe que oui.

Il jeta un coup d'œil sur le feu qui n'avait pas dit son dernier mot et planta rudement ses yeux dans les miens.

– Il faut y aller le Max, viens !

Il m'obligea à me remettre debout, malgré mes jambes qui flageolaient. Pourtant, le plus dur était fait, nous n'étions qu'à quelques pas du chœur. Derrière, c'était le déambulatoire et l'absidiole, puis la pièce que le curé utilisait comme débarras. Nous l'avions vu en sortir avec ses objets de piété. Si une porte existait, c'était là que nous la trouverions. Cette fois, René prit Pauline dans ses bras et me donna la main. Il nous entraîna à une vitesse folle sans se soucier de nos doutes. Nous franchîmes le chœur et le couloir de déambulation puis entrâmes dans le petit débarras. Le braconnier me lâcha et posa l'enfant.

– Nous sommes sauvés !

À en juger par la lumière qui filtrait au travers des interstices, la porte donnait sur l'extérieur. René tourna la poignée et poussa. Un vent frais balaya nos cheveux et nous en ressentîmes tous les bienfaits. Sans plus attendre, nous nous laissâmes tomber sur l'herbe, respirant à pleins poumons l'air pur qui nous fit un bien immense. René resta assis, adossé à un arbre ; il regardait, encore tout haletant, les fumées qui continuaient de s'échapper des vitraux. J'étais allongé à côté de Pauline dont les yeux demeuraient fixes. René se mit debout et me lança :

– Je vais aller voir pourquoi les gens ne peuvent point sortir !

Quelque chose à l'extérieur empêchait les nobles de pousser les portes. Le braconnier savait qu'il fallait agir vite pour sauver ces âmes d'une mort par le feu.

Il revint quelques minutes plus tard, plus épuisé que jamais.

– Des scélérats ont barré la porte. Avec les métayers, on a réussi à en venir à bout.

Outre Pauline et moi, René venait de sauver la vie de bien des fidèles. Il tombait de fatigue. Nous le laissâmes reprendre ses forces et son souffle, tandis que les villageois formaient une chaîne et se passaient des seaux.

Une heure plus tard, il ne restait rien de l'église.

Quand nous arrivâmes à la troglodyte, maman poussa un hurlement et la chienne se mit à aboyer. Notre père, toujours cloué par la fièvre, se dressa à demi sur sa couche.

– Par le diable ! cria-t-il.

Notre mère se jeta sur nous et nous examina. Nos figures noircies, nos laines déchirées par les éclats de bois ne pouvaient que l'affoler. Elle constata bien vite que nous étions en bonne santé et poussa un soupir de soulagement. Elle leva les yeux vers René qui avait du mal à rester debout.

– Assieds-toi, lui proposa-t-elle en écartant le banc.

Il prit place, posa les coudes sur la table et lâcha dans un souffle :

– Tout a brûlé. Tout.

– Mais grand Dieu, que s'est-il passé ?

– Quelqu'un a mis le feu.

– On a vu la fumée, coupa mon père, on a cru à autre chose…

– Il y a des morts, c'est sûr.

Ma mère fit couler de l'eau dans les deux seules timbales que nous avions. Elle en tendit une au braconnier et nous donna l'autre.

– Et les métayers, demanda mon père, comment vont-ils ?

– Par Dieu, ils sont tous en vie. Il avala d'une traite et poursuivit :

– Ils sont repartis à leur logis, les femmes ont vu la fumée jusqu'au fin fond de la forêt et beaucoup ont cru ne point voir revenir leurs hommes.

– Maudite fièvre, tempêta mon père, j'ai honte de ne point avoir été des vôtres…

Ma mère déchira des bouts de tissu dans de vieilles hardes et les humecta d'eau. Tout en débarbouillant le visage de Pauline, elle se tourna vers René :

– Qui est le sans-cœur qui a bien pu faire brûler la vieille église ?

– Je n'en sais rien, la Marie-Jeanne. Mais on a bien failli tous y rester.

La voix fluette de Pauline attira l'attention :

– René, il nous a emmenés dehors. Si le feu ne nous a point mangés, c'est grâce à lui.

– C'est vrai, approuvai-je. René nous a sauvé la vie. Et il a aussi sauvé la vie des nobles et de tous les gens qui risquaient de brûler comme du bois.

Le silence tomba et je sentis mon père ému comme rarement.

– Merci, le braconnier. Demande-moi ce que tu veux, tu l'auras.

Je savais qu'en cet instant il aurait voulu tout donner, mais, à son grand regret, il n'avait rien.

– Je vais rentrer chez moi, déclara René en se levant. La Marthe et les queniaux m'attendent.

Cherchant son chapeau, il se rappela qu'il ne l'avait plus.

– C'est dommage, je l'aimais bien.

– Prends mon tricorne, proposa aussitôt mon père. Il est à toi.

– Je n'ai point dit cela pour l'avoir !

– Prends-le, j'te dis, et va vite retrouver ta bonne Marthe qui doit être aussi inquiète que les autres femmes !

– Oui, prends-le ! insista ma mère avec compassion.

Il posa enfin le galurin sur sa tête encore barbouillée de suie et ajouta avec un sourire :

– Je sais bien, le Gabriel, que tu aurais fait la même chose si ça avait été mes petits…

Il quitta la maison en se courbant un peu sous la porte, car il était grand. Ma mère déshabilla Pauline entièrement. Elfa, notre chienne, vint nous taquiner du bout de sa truffe, contente de nous voir auprès d'elle. D'un pas vif, notre mère alla chercher la marmite posée sur l'âtre et versa l'eau fumante dans un grand seau qui en contenait une plus froide.

– À l'eau, la drôlesse, dit-elle en attrapant ma sœur.

L'enfant se retrouva dans le baquet et ma mère la frotta énergiquement. Marie-Jeanne, qui pouvait faire plusieurs choses à la fois, engagea la conversation avec son homme :

– Crois-moi, il va y en avoir, des soucis !

– Le vicomte va châtier les manants qui ont fait ça.

– Le vicomte ? René a assuré qu'il y avait des morts, peut-être n'est-il plus de ce monde ?

– Je ne lui souhaite point cela, même s'il nous veut des misères.

– Il n'aurait pourtant que ce qu'il mérite.

Elle alla déposer un morceau de chêne dans le feu pour éviter que sa fille ne s'enrhume. Puis elle revint vers elle pour achever de la laver.

– Allez le Max, c’est à toi.

Pauline se tint à côté, emmitouflée dans une couverture de laine grossière. Ma mère me dépouilla de mes loques et ma sœur resta à me contempler. La gamine savait que je n’aimais pas qu’elle me vît comme au baptême et se faisait un malin plaisir de me scruter.

– On n’a rien à craindre, fit mon père, toujours accaparé par ce sujet. Le vicomte va savoir que ce sont les métayers qui ont sauvé la vie de tous ces gens.

– Peut-être nous laissera-t-il en paix ?

– Dans ce malheur, c’est ce qui pourrait nous arriver de mieux…

Il nous était défendu d’interrompre les adultes, mais, les circonstances étant exceptionnelles, je me risquai à prendre la parole :

– Le garde du château nous a vus, père.

– Breteuil ?

– Oui. Il a voulu nous chasser de l’église, mais René lui a dit qu’on avait le droit d’être là.

– Au moins, affirma-t-il à sa femme, personne ne pourra prétendre que ce sont les nôtres qui ont fait le coup !

– Tu as raison, mon homme. René est un brave et un malin. Si on avait de quoi lui offrir une bonne bouteille de saumur, on le ferait.

Je sentis mon père se crisper. Sa voix changea :

– Tu as l’air de bien l’aimer.

– Que veux-tu dire ?

– Que tu as l'air de bien l'aimer, c'est tout.

– Pauvre innocent, tu es jaloux comme un chaton !

– Tu t'occupes bien de tes enfants, occupe-toi aussi de ton homme qui est malade !

– Mes enfants ont bien failli voir le diable. Et toi, demain, tu seras guéri !

Elle m'habilla d'une main nerveuse et garda l'eau du seau pour y laver des bouts de tissu. Puis elle se hâta de nous faire la soupe et mon père quitta sa couche, car il voulait montrer à sa moitié qu'il était un homme solide.

La Marie-Jeanne et le Gabriel, pourtant l'un en face de l'autre, n'échangèrent pas un mot de tout le repas. Avec l'insouciance de notre jeune âge et oubliant la mort qui nous avait fait de l'œil, Pauline et moi nous livrâmes à un concours de grimaces.

L'après-midi, les parents cherchèrent à s'éviter.

Puis, à l'heure de la veillée, notre mère s'assit en tailleur sur le sol de terre battue et nous raconta l'inquiétante histoire de Boutifol, le diable du village de Neuillé.

– Entrez, entrez dans l'antre de Satan. Entrez, entrez, le diable vous attend, narrait-elle en y mettant le ton.

Nous l'écoutâmes, tandis que mon père gardait la tête penchée sur son tressage de panier, fuyant le regard de celle qu'il boudait. Mais la nuit, à l'heure du coucher, il retrouva sa bonne humeur et ma mère ses rires. Dans le noir qui couvrait leurs jeux, il me semblait entendre des soupirs. Des gémissements qui ne trompaient pas et attestaient le bonheur qu'avait cette femme d'être dans les bras de son mari.

Au petit matin, la brouille de la veille était passée, comme un orage d'été.

VI

– ALLEZ MAX, donne du poignet !

Mon père s'entêtait dans son désir de faire de moi un jardinier. Il remua le sol avec sa binette et creusa un sillon.

– Tu n'aimes point la terre ! Si tu savais comme elle est bonne, pourtant…

– Oui, père.

– Il faut bien bouger le sol, même s'il est dur. Car il fait un peu froid ce matin.

La glace figeait les branches des peupliers qui n'avaient plus de quoi se couvrir. Ce n'était pas un froid ordinaire, mais une gelée dure et persistante qui aurait pétrifié celui qui par malheur n'aurait pas retrouvé son chemin. Je m'amusais de voir mon père ainsi lutter contre la nature et fournir des efforts somme toute inutiles. Il dégagea les sillons des carrés de choux et des rangées de poireaux, puis souffla dans ses mains pour les réchauffer.

– Mon galurin me manque, maugréa le bonhomme, j'aurais dû réfléchir avant de le donner.

Je m'essuyai le nez d'un revers de manche et lui fis :

– Au marché de Saumur, il y en a des pareils.

– Au marché de Saumur, ils revendent les galurins de la Révolution au prix des neufs !

Des bruits dans les fourrés attirèrent notre attention. Mon père, pensant voir venir le gibier, présenta sa binette comme un bâton prêt à frapper. Finalement, René apparut, fort pressé de venir à nous.

– Gabriel ! cria-t-il tout affolé. Tu dois partir !

– Hein ?

– Écoute-moi, le vicomte prétend que c'est toi qui as mis le feu dans l'église !

– Quoi ?

– Il est en route avec ses gardes et ils viennent pour te prendre !

Ma mère, alertée par les bruits de la conversation, accourut avec Pauline qui suivait. La chienne les accompagnait. René reconnut alors :

– Ils me cherchent aussi, ils arrêtent tous les métayers et les mousseaux. Tous ceux qui vivent là ! Ils disent qu'on est dans le coup. Ils disent qu'on a tué des gens et que tu es notre chef !

– Par le diable !

– Prends ta besace !

Les yeux de mon père étaient grands ouverts sur le visage en sueur du braconnier. Il avait du mal à croire ce qu'il venait d'entendre. Ma mère retourna vite dans la maison et réapparut avec une besace qu'elle lui remit en tremblant :

– Il y a un quart de miche, du lard, une bouteille. Et un couteau aussi.

Pauline, sentant l'inquiétude prendre le pas sur la raison des adultes, me prit la main et resta muette à mes côtés.

– Où allez-vous ? demanda notre mère aux deux hommes.

– Tu ne le sauras point, lui répondit mon père. Au moins, ils ne pourront te le faire dire !

– Ils sont passés chez moi, expliqua René, et ont demandé à ma femme où me trouver. Elle a affirmé qu'elle n'en savait rien et mon drôle est venu en cachette me prévenir de cela.

– Je vais devoir quitter ma terre, balbutia mon père en détournant le regard. Ce sont les miens qui ont construit ce logis…

– Tu vas revenir, lui promit sa femme. Mais il faut que tu partes, pour un temps.

– Non. Je reste. Je n'ai point tué ces gens et je veux que le vicomte le sache !

– Tu vas être pendu, s'emporta ma mère. Les gens comme nous, on les juge vite !

Il hésita et je vis sa pomme d'Adam monter et descendre dans sa gorge, qui semblait trop étroite.

– Viens ! le pressa René en lui prenant le bras.

– Va-t'en ! ordonna ma mère à contrecœur.

Mon père me serra contre lui et je sentis sa poitrine se soulever d'émotion. Il étreignit ma sœur et fit claquer sur son front un baiser qui dura.

Puis il planta des yeux embués dans ceux de sa femme et lui promit :

– Je reviendrai m'occuper de vous, la Marie-Jeanne.

– Mon Gabriel, garde-toi !

Ils s'enlacèrent et René maugréa :

– Vite Gabriel, vite !

Ils commencèrent à s'éloigner, mon père se retourna une dernière fois :

– Je vais revenir !

– Va te faire oublier ! sanglota ma mère.

Pauline s'appuya contre moi et je mis ma main sur son épaule. Notre mère se posta derrière nous et, tous les trois, nous regardâmes disparaître l'homme qui nous protégeait.

– Rentrons, pressa ma mère. Quand le vicomte sera là, il ne doit point comprendre que nous l'attendons.

– Il va où, papa ? demanda Pauline.

– Écoute-moi bien mon enfant, le vicomte va venir. Il faut lui faire croire qu'on ne le savait pas. Il va nous demander où est ton père. Nous lui dirons qu'il est parti chercher du bois. Tu as compris ? Il ne faut point que les gardes arrêtent votre père. Parce qu'alors nous ne le reverrions plus jamais.

– Oui, mère.

Devant la maison, par-delà la rangée d'arbres qui délimitait notre potager du reste de la forêt, une brusque envolée de mésanges signifia l'approche d'intrus. Des hennissements et des bruits de sabots résonnèrent, et bientôt nous pûmes distinguer des conversations d'hommes.

– Ils sont déjà là ! s'exclama ma mère. Pauline, Maxime, allez dans la maison !

Elle prit la binette que mon père avait laissée choir et fit mine de gratter la terre.

Nous restâmes à la fenêtre pour voir venir les cavaliers.

– Pourquoi nous veulent-ils du mal ? me demanda Pauline.

– N'aie point peur, ma sœur. Ils ne te toucheront jamais ou je m'occupe d'eux !

Le premier était bedonnant, l'œil vide et l'air endormi. L'épée à son ceinturon était démesurée et pendait bien bas contre le flanc du cheval. Les deux autres cavaliers, dans la fleur de l'âge, présentaient une allure plus digne. Le vicomte suivait, raide et fier sur son cheval noir. Breteuil lui emboîtait le pas de si près qu'on aurait cru qu'il était là pour ramasser son crottin. Ma mère releva la tête et examina cette équipe d'un air inquiet :

– Grand Dieu, tout ça pour moi ?

– Tais-toi, vilaine femme ! rétorqua aussitôt Breteuil. Et ne parle que quand M. le comte te le permettra !

– M. le comte ? Le voici donc devenu son père ?

Il ne releva pas l'ironie et resta impassible devant cette femme qui le toisait. Soudain, il tourna les yeux vers la fenêtre et nous découvrit. Il s'en amusa :

– Notre visite n'est pas une surprise, dirait-on ?

La femme ne perdit rien de sa hargne :

– Vous venez chercher mon mari ? Il n'est point là et ce n'est point lui qui a mis le feu dans votre vieille église ! Partez !

– Je te trouve bien familière, siffla le noble. Tu es sur mes terres, je te permets d'y vivre avec ton troupeau de bâtards et tu me parles comme si c'était moi qui te devais tout…

Elle fit un pas en arrière et, bien que haute, sa voix eut des intonations mal assurées :

– Allez-vous-en ! Partez ! Mon homme n'a rien à voir avec les choses que vous insinuez !

– Je suis sûr qu'il vient de s'enfuir, affirma le noble avec un mauvais sourire. Et peut-être parcourt-il en ce moment même les sentiers de ma forêt avec son complice le braconnier.

Sa voix tonna :

– Gardes ! Fouillez les alentours, vous les trouverez si vous faites vite.

Les trois cavaliers donnèrent du talon et quittèrent la cour à la hâte. Il ne resta que Breteuil et le noble dont le cheval s'avança au plus près de ma mère. Devant une monture aussi haute et puissante, je la sentis perdre de son assurance et, toute bredouillante, elle demanda :

– Si mon homme avait mis le feu à votre église comme vous le prétendez, croyez-vous qu'il aurait attendu ce matin pour s'en aller ?

– Des témoins l'ont vu, attesta le comte, dont mon garde personnel.

– Oui monsieur le comte, acquiesça Breteuil, je l'ai vu de mes propres yeux. Et j'ai vu aussi ses complices, dont le braconnier avec qui il complote souvent.

– Vu quoi ? questionna rudement ma mère.

– Vu ton homme mettre le feu à l'église !

– Tu mens ! riposta-t-elle alors que les naseaux du cheval lui soufflaient sur le front, tu as toi-même demandé aux mousseaux de quitter l'église ! Et ils ne t'ont point obéi !

– Assez de palabres ! cria soudain le noble. Je te laisse deux jours pour quitter mes terres. Au matin du troisième, je viendrai moi-même mettre le feu à ta bicoque !

Il avait l'air en colère et sa monture semblait ne plus pouvoir se contenir elle non plus. Ma mère n'en avait pas fini :

– Cette terre est la nôtre, votre père nous l'a donnée !

– Mon père ?

Il donna de la bride à son cheval et lui fit faire demi-tour.

– Mon père, reprit-il, n'a pas su agir avec des gens comme vous !

Il contrôla le pas de l'animal, lui imposa d'avancer vers le potager.

– Mais je vais y remédier…

Les sabots commencèrent à piétiner les rangées de poireaux et le noble s'en amusa :

– Après tout, c'est à moi…

– Assez ! hurla ma mère. Assez !

En nous privant de nos légumes, le comte nous condamnait à la disette. Pauline se mit à pleurer, je sentis les tendons de mes poignets se raidir. Dehors, ma mère serrait les poings en fixant, avec l'air de le maudire, le noble qui fanfaronnait sur sa monture.

– Vous n'avez point d'honneur ! cria-t-elle.

– Vous n'avez plus de terre…

Breteuil, qui s'en amusait, s'esclaffa et le noble s'employa crânement à écraser ce qui restait de poireaux et de choux. Pauline n'arrêtait pas de sangloter. Ma mère se crispa et laissa d'un coup échapper sa colère :

– Maudits hommes !

Il riait aux éclats et son cheval marchait sur des légumes dont il ne restait qu'une pitoyable bouillie. Breteuil n'en finissait plus de rire et ma mère, devant tant de cruauté, s'écroula à genoux. Elle ferma les yeux, tandis que des hoquets l'empêchaient de prononcer un mot. Autant de chagrin n'eut pas l'effet de toucher le cœur du comte. Puis, estimant que cela suffisait, il posta sa monture tête baissée devant la pauvre femme qui parut bien misérable face à une bête aussi dominante.

– Au matin du troisième jour, insista le noble, si tu n'es pas partie, ta maison brûlera !

Je pleurais avec Pauline, car voir ma mère réduite à ramper devant un tel scélérat m'avait porté un coup au cœur. Ma sœur poussait de petits cris et ses lèvres tremblaient ; je savais que mon étreinte ne suffirait pas à soulager sa douleur.

Les pattes posées sur le rebord de la fenêtre, Elfa faisait comme nous et assistait à ce spectacle pitoyable.

Pauline n'y tint plus. Elle se dirigea vers la porte, comme une folle qui court sans savoir pourquoi. Elle sortit et, dans l'entrebâillement, notre chienne s'empressa de filer. Je suivis l'enfant qui alla trouver notre mère et se pencha sur elle pour s'enquérir de son état. Nous découvrîmes une femme agenouillée, au visage rouge, baigné de larmes. Elle leva les yeux vers le noble qui souriait. Ma sœur, dont la bouche se tordait sous l'effet de l'émotion, ne put se contenir davantage :

– Méchant ! Méchant ! Méchant !

Elfa aboya aux pieds du cheval qui eut un mouvement de recul.

– Va-t'en, diable de chien ! cria le noble qui craignait de voir son cheval se cabrer.

La chienne, montrant les crocs, grondait. Ses aboiements injuriaient le cavalier, et le cheval craintif s'agita ; tirant sur sa bride tant bien que mal, le comte ne parvenait pas à le calmer. Je restai à consoler ma sœur et ma mère, et jetai un regard embué de larmes sur le noble. Je lui dis dans un cri :

– Partez !

Face aux attaques répétées d'Elfa, le cheval se cabra. Le comte, habile cavalier, resta en selle en parant comme il pouvait. Mais quand la bête retrouva une posture plus ordinaire, la main du noble s'empara d'un pistolet.

– Assez !

Il visa la chienne et la déflagration eut l'effet d'un coup de tonnerre. Nous restâmes pétrifiés. Notre chienne gisait sur le flanc et du sang commençait à couvrir le sol.

– Non, gémit Pauline, non !

Elle se pencha sur l'animal et dit d'une voix plaintive :

– Elfa… Elfa…

Ma mère, debout et raide comme une morte, ne resta pas immobile bien longtemps. Elle courba la taille et saisit de ses deux mains la binette posée à ses pieds. Elle avança vers le noble à qui le temps manqua pour armer son pistolet. Il chercha d'une main fébrile sa flasque à poudre coincée sous son pardessus. Mais Breteuil, en bon serviteur, s'empressa de lui lancer une arme.

– N'avance pas ! cria le comte en pointant le pistolet, ou je te réserve le même sort qu'à ta chienne !

Elle n'était plus en mesure de réfléchir. Les deux mains vissées au manche, je la vis dresser l'outil au-dessus de sa tête.

– N'avance pas ou je tire !

Le comte était impressionné par le visage, qui s'était durci, de la femme. Il la craignait au point de ne plus pouvoir bouger la main qui tenait le pistolet. Elle lui porta un coup violent dans le mollet. Il hurla. Sous la douleur, sa botte racla le flanc du cheval qui s'ébroua. Le coup partit tout seul. La balle évita ma mère, mais une vision d'horreur me fit crier :

– Pauline !

Ma mère tourna la tête vers ce que je fixais de mes yeux écarquillés. Elle comprit. Pauline gisait sur le dos, du sang coulait de sa tempe. Elle ne bougeait plus.

– Pauline ! cria ma mère.

Nous nous ruâmes sur elle.

– Pauline ! répétai-je.

Son regard demeura immobile, ma mère hurla encore. Derrière nous, Breteuil balbutia :

– Allons-nous-en, monsieur le comte ! Allons-nous-en !

– Ils n'ont que ce qu'ils méritent ! Vermines ! Sales pourritures de mousseaux ! Deux jours ! Vous n'avez que deux jours pour quitter mes terres !

Il tira sur les rênes et sa monture s'écarta. Breteuil en fit autant. Puis les sabots crépitèrent et les chevaux partirent rapidement dans un tourbillon de poussière.

Nous restâmes penchés sur le corps de Pauline, secoués de lourds sanglots. Je parvins à me redresser, fixant de mes yeux rougis un ciel dans lequel les nuages restaient immobiles. Il était bas et sans joie, plombé comme l'était mon cœur.

Ma mère se leva alors et me prit dans ses bras.

– Ils ont tué notre Pauline ! Mon pauvre Max, tu n'as plus de sœur...

Ses mains tenaient doucement mes épaules.

– Mon Max, mon Max, ils ont tué notre petite Pauline.

– Pourquoi maman ? Pourquoi ?...

Ses mains se durcirent et elle s'écarta de moi. Elle planta ses yeux sombres dans les miens :

– Tu vas jurer de la venger ! Tu m'entends ? Fais comme je te montre !

Et suivant le rite antique des serments solennels, usité dans le peuple des mousseaux d'Anjou depuis des générations, elle cracha dans sa main droite, fit une croix dans le crachat avec le premier doigt de la main gauche et brandit la main ouverte vers le ciel.

– Vengeance ! Vengeance ! Vengeance !

Et je fis comme elle, répétant trois fois avec ferveur cette promesse que j'allais tenir et qui marquerait bon nombre d'existences et l'histoire tout entière des mousseaux.

VII

L'UNIQUE BOUGIE conférait à la veillée son caractère funèbre. Pauline, lavée et parée de ses habits du dimanche, était étendue sur le lit de notre mère. Elle ressemblait à une dormeuse apaisée. Le feu grondait trop fort ; je couvris l'âtre pour le réduire et le crépitement fit place au silence. Ma mère avait, en signe de deuil, couvert sa tête d'un fichu blanc. Assise sur le bout de son banc, elle alternait les prières et les sanglots, tandis que je regardais par la fenêtre la pluie qui mouillait les carreaux. Rempli d'espoir, j'espérais voir venir de derrière les arbres l'enfant dont le ciel n'aurait pas voulu. Rien. La pluie battait le sol et nettoyait les restes du potager de mon père, le ciel dans sa cruelle indifférence passait son coup de balai.

Je sortis sous ce déluge, sans un paletot pour me couvrir. À côté de notre lopin de terre, une cabane de fortune abritait les pauvres outils de mon père.

Il y avait un long rondin de peuplier, taillé en manche et au bout duquel il avait fixé un large carré de bois incurvé. L'outil allait me servir à creuser un trou et la besogne me prit un bon moment.

Je traînai le cadavre de notre chienne jusqu'au bord du trou, puis le fis basculer. Je joignis mes mains pour une prière d'adieu tandis que le déluge s'acharnait sur moi. Enfin, j'envoyai la première pelletée de terre, et les suivantes, les unes après les autres, pesèrent sur mes mains comme les fers aux pieds du forçat.

Dans le logis, les heures s'égrenaient, longues, rythmées par le martèlement de la pluie. Pas un mot ne fut prononcé. Ne s'entendaient que, par instants, les chuchotements de ma mère. Elle gardait les yeux fermés et la tête basse, psalmodiant ses prières sans discontinuer. Comme le feu de cheminée avait perdu de sa vigueur, je couvris ses épaules du vieux châle épais qu'elle ne portait que par grand froid. J'attendais qu'elle me dise quoi faire. Il aurait fallu faire sonner le glas, prévenir les nôtres, les mousseaux, nos amis, afin qu'ils nous apportent leurs condoléances. Mais ma mère ne quitta pas son banc. Alors je vins me blottir contre ce corps las et courbé par le poids du chagrin. Sa main me caressa tendrement le dos et elle me confia à voix basse :

– Il faudra faire venir le curé, mon Max. Demain, tu iras le chercher.

– Oui, mère.

Je pleurai avec tant de force qu'elle retrouva un peu de son esprit combatif. Ma douleur la ramena au souvenir qu'il lui restait un enfant.

– Chagrine, vas-y. Chagrine autant que tu veux…

Puis la nuit posa ses marques. Au matin, une lumière d'un blanc laiteux baignait l'intérieur de l'habitat. Malgré le temps obstinément pluvieux, il semblait que les nuages filtraient en notre faveur les rares rayons du soleil. Je me couvris de mon chapeau de laine et, les sabots à brides vissés aux pieds, je me dirigeai vers la porte :

– Je vais au presbytère, mère…

– Oui mon fils, va.

En chemin, la nature semblait vide et muette.

Les épaules tombantes et le regard baissé, je descendis les sentiers qui menaient au village, non sans m'être arrêté un instant au pied du chêne des damnés. Je levai les yeux sur le grand arbre. Pour la première fois, il était déserté de ses mésanges et de ses grives. Pas une branche ne bougeait ; le vieux chêne était comme mort. En arrivant au sommet du tertre qui dominait le village, je découvris ce qui restait de la vieille église. Ce n'était plus qu'une étendue grise, couverte de gravats et de bois. Le presbytère n'était pas loin. Je marchai vers le logis, sans prendre garde aux passants qui me scrutaient. À mon approche, certains villageois échangèrent des commentaires et je compris à leurs expressions dures qu'ils n'étaient pas élogieux. Au presbytère, je frappai à la porte et, comme il ne se passait rien, je recommençai.

– Ce n'est pas la peine ! s'écria une voix dans mon dos.

Une femme et son enfant s'étaient arrêtés et me fixaient sans joie.

– Ce sont les tiens qui l'ont tué !

– Quoi ?

– Le nouveau curé devrait arriver, mais on ne sait pas quand.

Je fis un pas vers cette femme au visage fermé et lui expliquai d'un air craintif :

– Ma petite sœur est morte. On a besoin de prières pour…

– On dirait que le malheur n'a pas frappé au hasard… Dis à ta mère qu'elle peut enterrer sa fille elle-même. Aucun curé d'ici ou d'ailleurs ne voudra lui donner les derniers sacrements !

Elle voulut reprendre son chemin mais se ravisa :

– Tu ferais bien de partir. Les mousseaux, on ne vous aime pas beaucoup dans le coin.

Le retour me parut laborieux car, en chemin, je croisai des coups d'œil chargés de reproches et essuyai des commentaires. Tout le monde au village semblait s'être ligué contre nous. Arrivé à la troglodyte, je poussai la porte sans entrain et ma mère ne put que constater mon désarroi.

– Alors ? fit-elle.

– Le curé est mort. Il n'y aura point de prières…

– Mon Dieu !

– Ils prétendent qu'on l'a tué. Les gens du village nous voient comme le diable…

Elle baissa la tête et tourna les yeux vers le corps de Pauline. L'enfant semblait toujours dormir. Ma mère soupira et me confia :

– Nous allons l'enterrer nous-mêmes, sans les derniers sacrements. Mon Dieu, quelle horreur…

– Alors ce sera au pied du chêne des damnés.

Elle alla vers la fenêtre et s'appuya sur le rebord. Contemplant la nature, elle se livra :

– Comme j'aimerais que ton père soit là. J'espère qu'il ne lui est rien arrivé…

Soudain, elle se dressa vivement, sans cesser de regarder dehors. Elle était paniquée :

– Mon Dieu ! Les gendarmes !

Je me précipitai à la fenêtre et vis trois hommes avancer à cheval. Ils mirent pied à terre et s'approchèrent. Ma mère, aussi tendue que moi, fixait la porte à laquelle nous nous attendions à entendre frapper. Une main vive tambourina.

– Gendarmerie royale, ouvrez !

Après une seconde d'hésitation, elle alla ouvrir et je restai derrière elle. Face à nous, un homme à l'habit de drap bleu et au chapeau galonné d'argent lui demanda :

– Vous êtes la femme Tessier ?

– Oui.

– Au nom de la loi, je vous arrête.

Les deux autres hommes l'empoignèrent. Le plus fort s'empressa de lui ficeler les mains.

– J'ai rien fait !

– Vous êtes accusée d'avoir tenté d'assassiner M. le comte de Marson.

Elle en resta muette, jusqu'au moment où :

– Attendez, de grâce, attendez ! Laissez-moi, je dois enterrer ma fille et il y a mon petit garçon Maxime, ensuite vous pourrez…

Ils marquèrent un temps d'arrêt.

– En avant !

Alors qu'elle se débattait, ils la sortirent de la maison. Elle se tourna vers moi ; avec ses cheveux décoiffés, elle avait l'apparence d'une folle. Ses yeux étaient pleins de larmes :

– Mon fils !

– Mère !

Je courus vers elle, l'un des hommes me repoussa rudement d'un coup de pied et m'envoya rouler dans la boue. J'appelai :

– Maman !

Elle ne résista pas à la détermination des gendarmes. Je restai debout, les larmes coulaient sur mes joues. Les chevaux avancèrent et ma mère suivit à pied, tenue par une corde qui la reliait au cavalier. Elle était sans sabots. Elle disparut derrière les arbres, me laissant seul. Je pleurai tant que le chagrin me donna le tournis. Puis je m'effondrai, gémissant, suppliant le ciel de me venir en aide. Mais il ne se passa rien. Je venais en quelques heures de tout perdre et, bientôt, je n'aurais plus d'endroit où passer la nuit.

Je ne me souviens plus très bien de ce qui arriva ensuite, j'étais ravagé par le chagrin et le désespoir. Mon souvenir le plus clair de ces jours passés est celui-ci : je tenais encore Pauline dans mes bras, assis sur le lit de nos parents, et je lui chantonnais une petite comptine.

– Pauline, Pauline, réveille-toi, viens avec moi, allons dans la forêt.

Et je répétais :

– Pauline, Pauline, réveille-toi, viens avec moi, allons dans la forêt.

Le mal s'empara de mon esprit et je me mis à faire des choses insensées. Le plus souvent, je restais recroquevillé, immobile, les yeux plantés dans le vague, psalmodiant je ne sais quoi. J'en oubliais de sortir pour me soulager, de me laver la figure et de nettoyer mes habits. La vieille troglodyte devint alors plus misérable que jamais. Tout n'était que puanteur et désordre. Les bancs étaient renversés, des morceaux de poterie jonchaient le sol, des copeaux de bois, des bouts de sarments s'y mêlaient. Et l'odeur du corps de Pauline, pourtant insoutenable, ne me faisait pas sortir de mon tourment. Je restais indifférent aux taches vertes qui couvraient son visage, aux grosses mouches qui venaient se nourrir d'elle.

Parfois, je trouvais la force de me lever, de tituber au pied du lit et j'entendais des musiques, des voix joyeuses résonner dans ma tête. C'était la fête. Je savais que Pauline me regardait et s'en amusait.

Quelques jours passèrent et, contrairement à ce qu'il avait dit, le comte ne revint jamais. Je réussis à me nourrir de rien, de la farine qui restait au fond d'un seau, car mon père était parti avec le dernier morceau de lard. Je repris des forces et descendis au village, pour tenter d'y proposer mes services comme valet de ferme. On m'injuria, on me claqua la porte au nez, parfois les gens me questionnaient avec hargne :

– T'es un mousseau, c'est ça ? Comment se fait-il que tu ne sois pas en prison ?

En effet, ceux de la forêt de Verrie étaient activement recherchés. Du fait, on me refusait l'aumône, le moindre bout de pain et le droit même d'exister.

Alors je suis resté chez moi. Un froid intense régnait dans la troglodyte mais pas un jour ou une nuit je n'eus l'envie de faire du feu. De temps à autre, la porte restait ouverte et, bientôt, les grives et les mésanges entrèrent par centaines. Du moins, c'est ce que voyaient mes yeux. Mais pour autant, ils ne voyaient pas ma petite sœur telle qu'elle était : envahie par la vermine, puante à faire vomir… Mon esprit refusait d'admettre qu'elle était morte.

Encore aujourd'hui, je me demande par quel miracle j'ai pu rester en vie. Certains m'ont avoué que le comte ne m'avait pas chassé parce qu'il suffisait d'attendre, avait-il déclaré, que la mort accomplisse son œuvre.

Un soir, je me couchai à côté de Pauline. Cette nuit-là, le mal me prit. Faisant aller follement mes bras, me débattant contre des cauchemars, je me soulevai tout entier dans les transports de la fièvre et mes yeux s'ouvrirent grands sur une image trop nette pour être celle d'un rêve.

Le diable me souriait.

Il était assis sur le couvre-pieds et me regardait en tirant sur sa pipe d'un air tranquille. Il me questionna :

– Alors ?

Silence.

– Alors, que veux-tu ?

Silence.

– Tu m'as demandé, je suis là.

Les souvenirs de ma mère revinrent, ses conseils et ses valeurs aussi. Le diable existait, elle me l'avait assuré. Il s'appelait Boutifol et officiait le plus souvent dans les souterrains de Neuillé. Je balbutiai :

– Va-t'en, Boutifol ! Mon corps est malade et tu en profites !

– Allons, n'aie pas peur. Souviens-toi, c'est toi qui m'as appelé : « Vengeance ! Vengeance ! Vengeance ! »

Il coinça le bec de sa pipe entre ses lèvres, aspira longuement et fit ressortir la fumée par ses narines.

– Tu peux. C'est possible.

– Je ne veux point de vous !

– Et Pauline, veux-tu la revoir vivante à tes côtés ?

Je tremblais de peur, une peur qui me privait de repartie. Il insista :

– Veux-tu qu'elle revienne ?

– Je sais que je vais mourir. Je vais aller la retrouver.

– Si elle revient ici, ce sera exactement la même, tu sais. Je te le promets. À un détail près, toutefois. Mais un détail qui pourrait bien t'aider dans tes désirs. Car tu veux te venger du comte, n'est-ce pas ?

– Oui…

– Alors… fais-moi confiance.

Il me tendit la main avec un sourire engageant.

– Mais ?

– Mais quoi ? fit-il.

– Le diable veut toujours quelque chose, c'est ma mère qui me l'a expliqué.

– C'est vrai…

– Que voulez-vous ?

Il baissa les yeux, les releva sur moi et me lança comme on dirait une chose sans importance :

– Ta vie.

– Mon âme ?

– Oui.

– Vous avez déjà dû prendre celle de ma sœur !

Il se pencha vers mon visage et l'odeur âcre de son tabac m'incommoda.

– Je te promets une sœur plus vivante que jamais et d'autres surprises.

Il écarquilla les yeux :

– Serre donc ma main !

J'hésitai.

– Allez ! Serre ! Tu ne le regretteras pas…

– Mais…

– Ta sœur plus vivante que jamais.

Sa main était tendue, grande ouverte. Je la regardais sans crainte. Jusqu'au moment où la mienne, bien plus petite et amaigrie, s'en approcha. Après une seconde d'hésitation, je saisis la main de cette chose qui me souriait :

– Eh bien voilà !

Il se fit plus grave et me dit :

– Je reviendrai te chercher, un jour. En attendant, regarde ta petite sœur. Regarde-la, elle dort…

En elle, tout avait changé. La vermine ne couvrait plus son visage. Ses hardes étaient redevenues des vêtements et, dans l'obscurité, il me semblait que ses pommettes, sa bouche, sa tête avaient retrouvé la vigueur du vivant. Elle n'avait plus sa figure creuse et la peau tendue. Ma main tremblait au-dessus de son visage, car je voulais caresser sa joue pour en sentir la chaleur. Je relevai les yeux vers le diable ; il avait disparu. Pauline, au contact de ma main, poussa un long soupir, sa joue douce et chaude me procura autant de joie que d'épouvante. Elle dormait d'un sommeil profond. Un bruit à la porte attira mon attention. Elle était fermée. Quelqu'un ou quelque chose grattait et cherchait à entrer. Les coups de pattes griffues labouraient le bois et, bientôt, la serrure qui était vétuste céda. Elfa. Elle apparut les oreilles dressées sur sa tête et me regarda en agitant la queue. Elle s'approcha du lit, confiante de trouver auprès de moi un peu d'affection. J'étais effaré. Elle n'avait plus de blessure à la tête et apparaissait pleine de vie, comme si de rien n'était. Elle posa ses pattes sur le rebord du lit et me fixa, en attente de caresses.

– Elfa…

Son pelage était doux et chaud. Sa truffe me soulevait la main pour me dire « encore ». Elle était notre Elfa, tendre et affectueuse, comme toujours. Elle bondit sur le lit et se coucha en boule sur le couvre-pieds. Puis la respiration de Pauline devint si forte qu'il me sembla qu'elle ronflait…

Deuxième partie

VIII

– Pourquoi me regardes-tu ?

Pauline était debout près de la fenêtre, sa silhouette se dessinait en contre-jour. Elle me fixait sans comprendre. Je me tenais allongé sur le lit, incapable du moindre mouvement.

– Hein ? Pourquoi me regardes-tu ?

Il y avait de tout sur le sol : des cruches cassées, de la terre et des feuilles mortes, des petits morceaux de bois et même un rongeur immobile sur le dos.

– Mais qu'est-ce qui s'est passé ? me demanda-t-elle. Où est maman ?

Elle alla chercher le balai confectionné avec un manche de bouleau et une brosse d'éclisses.

– Quel désordre !

Je hasardai, la voix tremblante :

– Bien dormi ?

– Comme jamais ! Et toi ?

Elle commença à balayer.

– Moi ? Oh ! bien, répondis-je…

– J'ai rêvé que l'on était tous au château pour une grande fête, avec des bougies partout et des viandes et du vin… Il y avait des gens dans de beaux habits et après il y a eu un grand bal et nous avons dansé !

Je quittai le lit et, pendant qu'elle continuait à pousser son balai, je m'approchai d'elle avec circonspection. Dans la pleine lumière du jour, je pus discerner aisément les détails de son visage. Il était comme auparavant : lisse et doré. Rien n'avait changé. Elle releva la tête et s'étonna de me voir ainsi les yeux fixés sur elle :

– Qu'est-ce qu'il y a ?

– Rien…

Silence. On ne se quittait plus des yeux. À la vue de mon regard halluciné, elle comprit que quelque chose n'allait pas.

– Où sont père et mère ?

– Pauline…

– Quoi ?

– Tu as été très malade. Tu ne peux point te souvenir.

– Me souvenir de quoi ?

– Père et mère… Les gendarmes sont venus arrêter maman. Et papa est parti se cacher. Je ne sais pas où il est.

Elle en resta sans voix et attendit le moment où j'allais lui avouer que tout cela n'était qu'une mauvaise farce. Il n'en fut rien. Pauline avait tout oublié des événements qui avaient précédé sa mort. Je lui en racontai les détails jusqu'au moment où elle m'interrompit :

– Et tu dis que j'ai été blessée ?

– Oui, Pauline.

– Mais où ?

Elle laissa tomber son balai et s'assit avec brusquerie sur le bord du lit. Les yeux perdus dans le vague, elle essayait de se souvenir. N'y parvenant pas, elle se mit à pleurer.

– Allons Pauline, tu es là et, crois-moi, je suis bien content que tu sois vivante.

– Vivante ! Sans père ni mère !...

– Allons, allons, pas d'inquiétude.

Je la serrai contre moi, espérant apaiser son chagrin. La chaleur de son corps ne me laissa aucun doute, je ne rêvais pas. Ses larmes coulaient toujours et sa peine était immense ; cependant au fond de moi j'étais heureux.

– Il va falloir partir ? me demanda-t-elle.

– Oui. Mais ne sois point triste, j'y ai déjà pensé. On va aller à Saumur et se faire embaucher pour travailler à la tâche chez les patenôtriers. Tu es bonne travailleuse avec tes doigts fins. C'est toi qui fais les plus beaux paniers ! Je suis sûr qu'ils vont bien vouloir de nous.

J'eus envie de lui parler du miracle de sa résurrection, mais le moment était mal choisi.

– Tout cela, c'est à cause du comte, dit-elle, rageuse.

– Comme j'aimerais qu'il meure !

– Il le paiera, je te le promets.

J'étais debout à côté d'elle. Elle posa machinalement sa main sur la mienne et, brusquement, elle tressaillit.

– Qu'est-ce qui t'arrive ? lui demandai-je.

– Euh…

Elle paraissait troublée, comme si elle avait ressenti quelque chose d'inhabituel.

– Tu as mal ?

– Non…

– Lève-toi.

Elle se mit debout et, à l'aise sur ses deux jambes, elle déclara :

– Ça va.

– Bon. On va prendre ce qu'il faut et on va s'en aller.

– Maintenant ?

– Oui. Il n'y a plus rien qui nous retient ici.

Il ne nous fallut guère de temps pour avaler un restant de soupe et faire le tour de nos affaires. Devant la troglodyte, Elfa nous regardait, les oreilles dressées au-dessus de ses yeux tristes.

– On n'a point le choix, ma chienne. Entends-tu les bûcherons ?

Au loin, depuis les profondeurs de la forêt, résonnaient en cadence les coups de hache qui s'acharnaient sur des troncs centenaires. Envoyant mon baluchon sur l'épaule, j'ajoutai :

– Bientôt ils seront ici et ils détruiront notre maison.

J'ouvris l'enclos, et l'unique poule qui, d'habitude, cherchait toujours à s'enfuir ne bougea pas. Elle était morte depuis plusieurs jours.

– Allons-nous-en, dis-je à Pauline.

Je pris sa main et aussitôt ses doigts se raidirent et se crispèrent au contact des miens. Je vis son visage se transformer sous l'effet de ce qui ressemblait à de la douleur. Pauline n'était plus la même.

– Qu'est-ce qui t'arrive ? lui demandai-je encore. Elle lâcha ma main et me confia d'un air hagard :

– Demain, il va pleuvoir.

– Hein ?

– Tu seras mouillé comme du linge au lavoir !

Elle dut s'asseoir à même le sol pour reprendre son souffle.

– Pauline !

Elle grimaçait si fort qu'elle ne pouvait plus parler. Puis la crise perdit de son intensité et les traits de son visage se détendirent. Elle se leva :

– C'était bizarre, observa-t-elle, comme dans un rêve.

– Redonne-moi la main, tu veux ?

Sa paume toucha la mienne et je décidai de ne pas lâcher.

– Alors ? la questionnai-je, les yeux fixés sur elle.

– Alors… rien.

– Rien ? Il se passe quelque chose quand tu touches ma main, ma Pauline. Ferme les yeux et dis-moi.

Elle s'exécuta, attendit, et son visage resta d'abord placide. Mais soudain, il accusa un changement. Les grimaces prirent de l'ampleur puis à nouveau ses doigts se raidirent dans ma main. Je tenais fort pour ne pas lâcher.

– Pauline !

Puis tout s'arrêta, net.

– Alors ?

J'étais suspendu à ce qu'elle allait me révéler. Elle bégaya :

– C'est sûr, il va pleuvoir !

– Comment as-tu vu cela ?

– Je ne sais point. J'ai vu, voilà.

– Redonne-moi la main.

Elle obéit mais, cette fois, il ne se passa rien. Je restai à la contempler avec une attention si soutenue que cela l'effraya :

– Je ne suis point une bête !

– Bien sûr, ma Pauline…

J'hésitais à tout lui raconter, sa mort, son retour à la vie, mais je compris à l'expression inquiète de son regard qu'il ne fallait pas que je l'accable davantage. Je tentai de la rassurer :

– Tout cela n'est rien. Allons-y, prenons les sentiers qui évitent le village. Ça ne me plaît point de voir tous ces gens-là…

Je lui pris la main et ce geste n'eut aucune incidence. Le baluchon à l'épaule et Elfa devant nous, nous commençâmes à marcher.

C'était un temps pluvieux et venteux comme un jour d'orage. Tout était gris. Les sentiers étaient bordés de pierres et de hautes orties. De partout, résonnaient les coups de hache, parfois accompagnés des cris des bûcherons. Je réfléchissais en chemin, me remémorant ce qu'avaient été les derniers événements. Tout cela me paraissait extraordinaire au point de ne pas être possible. Je scrutais Pauline du coin de l'œil. Elle marchait à côté de moi l'air un peu distrait et la chienne devant nous trottait, la truffe au vent. Une promenade qui aurait semblé bien ordinaire, s'il n'y avait pas eu toutes ces choses… Au bout du sentier apparaissaient la plaine du Noyer et ses trois chemins de falun. Un tapis d'herbe rase couvrait la plaine et les perles de rosée lui donnaient un éclat propret. Nous entrâmes dans la clairière.

Soudain, sortant de nulle part, un cheval nous barra la route. Son cavalier, sans geste brusque, contraignit sa monture à s'arrêter à notre hauteur. Nous levâmes les yeux sur ce grand cheval à la robe lustrée. L'homme portait des habits d'officier royal. Il me regarda sans émotion particulière et me demanda :

– C'est toi Maxime Tessier ?

– Non.

– Sais-tu où je peux le trouver ?

– Il habite à quelques pas de là. Dans la vieille troglodyte.

– C'est bien ce que l'on m'a indiqué. Je le cherche. C'est important. Si tu le vois, dis-lui qu'il vienne me trouver au village et qu'il n'a rien à craindre de moi.

Il m'envoya une pièce, je l'attrapai au vol. Il donna du talon et ajouta en s'éloignant :

– Je séjourne à la *Taverne des Cardinaux*, tu dois connaître. C'est la seule du village…

Je fixai la pièce en argent et la rangeai précieusement dans ma poche.

– Filons ! dis-je à Pauline, avant qu'il ne revienne.

– Qui c'était ?

– Sûrement pas un des nôtres. Pressons !

Je ne voulais pas avoir affaire à lui une deuxième fois, même pour d'autres pièces de vingt francs ! Je connaissais des chemins plus escarpés, étroits au point qu'aucun cheval n'aurait pu s'y frayer un passage. Pauline me suivit dans ce parcours ardu et Elfa guida nos pas. Nous finîmes par prendre de la distance, laissant derrière nous le village de Verrie et ses mauvaises âmes. Nous n'étions pas pour autant sortis de la forêt ; les grands arbres nus se dressaient à perte de vue et une lourde brume couvrait les taillis. Il faisait froid, tout était silencieux. Un corbeau, juché sur un arbre, nous fixait de son œil morne. À notre approche, il abandonna sa branche, se laissa planer et alla se poser sur une autre. L'arbre, à demi couvert par la brume, ressemblait à un mort embaumé dans un linceul. Le tronc et les ramures évoquaient un squelette. La longue branche se terminait par une main aux doigts dépourvus de peau, comme ceux des sorcières dont notre mère nous avait assuré l'existence.

Pauline se figea d'un coup. Je la regardai. Brusquement, ses paupières s'agitèrent, le blanc couvrit ses pupilles et son corps s'affaissa. Elle tomba comme morte à mes pieds.

– Pauline !

Je relevai la tête sur ce qu'elle venait de voir.

C'était un arbre avec une branche épaisse à laquelle quelque chose était suspendu. La corde au cou et la tête inclinée, je reconnus le visage de mon père. Il avait le cheveu poisseux et les lèvres bleutées, tout le reste ressemblait à des souillures de vin sur un linge blanc.

– Père !

René était pendu à ses côtés. Les deux cadavres étaient là depuis longtemps. Un des pieds de mon père manquait, un loup avait dû le lui arracher.

– Non !

Je courus vers lui en hurlant, ravagé par le chagrin et l'effroi de le trouver là.

– Papa !

Impossible de l'atteindre. Les hommes qui l'avaient pendu devaient être vigoureux et déterminés. Les lambeaux de chair à sa cheville étaient secs et je m'écroulai à genoux sur le sabot qui était tombé. Je hurlais, gémissais. Mes tempes battaient et, les mains jointes à m'en faire mal, je finis par m'effondrer.

Je me levai et titubai, espérant arriver jusqu'à Pauline, toujours inerte. Elfa, perturbée par l'odeur et le corps sans vie de son maître, s'agitait, jappant, hurlant à la mort. Je pris Pauline dans mes bras comme un paquet de misère et courus maladroitement au hasard, afin de la mettre à l'abri de ce tableau épouvantable. Il y avait un tapis de fougères en bordure de sentier. Je l'y installai. Je me forçai à retourner vers le corps de mon père dans le but de lui donner une sépulture.

– Je reviens, ma Pauline…

Mais le tronc n'offrait aucune aspérité, y grimper se révéla une entreprise impossible. Après des essais manqués et des écorchures aux genoux, je finis par renoncer. L'évidence me rendait fou : mon père et son meilleur ami n'auraient pas d'enterrement.

D'après ce que l'on me raconta beaucoup plus tard, les corps restèrent accrochés là des semaines entières. Jusqu'au matin où les bûcherons embauchés pour venir à bout de la forêt arrivèrent par hasard au pied de cet arbre qu'ils firent tomber, comme tant d'autres.

Les épaules basses et les bras couverts d'écorchures, je revins vers Pauline qui, à ma grande stupéfaction, n'était plus là.

IX

– PAULINE ! PAULINE ! ELFA !

Les aboiements de notre chienne m'aidèrent à les retrouver. Derrière des boqueteaux en taillis, je découvris ma petite sœur, les yeux levés au ciel. Elle psalmodiait je ne sais quoi.

– Pauline ! Pauline ! C'est moi, ton Max.

Elle était ailleurs. La chienne se manifestait bruyamment en s'agitant autour d'elle, cherchant à l'extirper de son cauchemar. Mais nos appels n'eurent aucun effet sur l'âme perdue de l'enfant.

– Viens ma Pauline, viens, allons-nous-en…

Elle me suivit avec docilité et marcha sans un mot. À cet instant, la pluie se mit à tomber.

– Il fait froid, dit-elle enfin.

– Il faut avancer, lui répondis-je. Nous devons aller à Saumur. Là, on pourra trouver un endroit où…

– Il faut avancer…

– Viens ma Pauline, viens, je suis là.

Son corps ruisselait de pluie et ses longs cheveux mouillés couvraient son visage. Il n'y avait pas d'autre solution que de trouver un abri et attendre dans la forêt, faute de quoi elle tomberait malade. Un rocher plat, tel un bouclier de silex que des hommes avaient posé là à une époque fort lointaine, nous couperait au moins du vent.

– Assieds-toi, Pauline.

– Oui, Maxime.

– As-tu faim ?

– Non.

– Nous allons attendre un peu que le vilain temps cesse, tu veux bien ?

– Oui, mon frère.

Elfa se posta devant nous, scrutant les alentours comme pour monter la garde. J'avais de plus en plus froid. Nous restâmes ainsi à attendre que la pluie cessât. De longues heures s'écoulèrent pendant lesquelles nous subîmes le déluge qui n'en finissait plus. Tout contre moi, ma petite sœur grelottait et cherchait vainement à se réchauffer. Elle leva vers moi des yeux implorants :

– On retourne chez nous ?

– Non Pauline. Je ne veux point que l'on croise le cavalier de tout à l'heure.

À l'heure du crépuscule, la pluie battante se mua en un crachin, dont nous crûmes qu'à tout instant il allait cesser. Il n'en fut rien. Le ciel ne se dégagea que bien plus tard. Nous étions transis et Pauline confinée contre moi semblait ne plus pouvoir bouger.

– Mets-toi debout. Il faut partir. Elfa, debout !

Nous faisions peine à voir, dégoulinants et sales, nos corps brûlés par le froid. Comble de malheur, la nuit commençait à tomber.

– Rebroussons chemin, dis-je à contrecœur. Il sera plus facile de rentrer chez nous que d'aller à Saumur.

Sa main glaciale dans la mienne, Pauline me suivit. Notre retour ressemblait à une retraite militaire, nous étions humiliés par la défaite. Quand nous arrivâmes à la maison, il faisait nuit.

– Mon Dieu ! m'écriai-je.

Difficile d'en discerner les contours, mais nous pouvions deviner ce qu'il s'était produit. Des flammes avaient embrasé notre logis mais la pluie que nous avions tant redoutée avait évité la propagation de l'incendie. Pauline demeura muette, Elfa gémit. La demeure familiale n'était pas complètement détruite et ce qu'il en restait nous permettrait au moins d'y passer la nuit.

– Allez viens, ma petite Pauline.

Plus rien de mon père, ou de son œuvre. Plus que nous. Je m'endormis avec cette maigre consolation, car pour perpétuer sa tâche nous devions demeurer en vie. Pauline trouva vite le sommeil, mais pendant la nuit, à maintes reprises, elle toussa. Au matin, les premières lueurs du jour révélèrent ce qui restait de notre logis. Le feu avait bien été interrompu dans sa besogne, car seul le meuble de toilette était endommagé. Cette vision me redonna un peu d'espoir.

– Pauline, vas-tu bien ?

– J'ai faim.

– Moi aussi… Toute la nuit je me suis demandé où nous pourrions trouver à manger.

Elfa s'approcha de nous la tête basse, réclamant comme à son habitude d'hypothétiques restes.

– Rien pour toi Elfa, lui dis-je avec regret. Je vais aller à Verrie pour demander un peu de nourriture.

L'idée de mendier me soulevait le cœur. Mais ma petite sœur ne devait pas rester le ventre vide. Je décidai de me rendre immédiatement au village avec mes vêtements encore raidis par l'humidité, et ma figure sale. Pauline restait interloquée devant les traces de suie qui couvraient les murs. À cet instant, je compris que la pluie n'avait pas pu éteindre le feu, car la charpente était encore intacte.

– Une âme charitable ?

Une main avait mis le feu à notre logis, une autre l'avait éteint. À cet instant, je pensais en moi-même :

– Le cavalier a certainement compris que je m'étais moqué de lui. Et il a voulu détruire notre maison.

La pluie tombait avec fracas et, dans ce morne décor, le chemin du village me parut plus triste que jamais. Je descendis les sentiers glissants dont la boue ruisselait comme le limon d'une rivière. Puis je traversai de petites clairières gorgées d'eau et arrivai en haut du tertre qui dominait le village. Les murs des maisons, en tuffeau, pris dans l'étau du gel, semblaient engoncés dans les toitures fatiguées. Je frappai à la première maison qui se trouva sur mon chemin, espérant pouvoir y proposer mes services d'un jour, contre un peu de nourriture. La porte demeura close. À l'étage, le rideau d'une fenêtre s'écarta doucement et nul bruit ne m'indiqua que l'occupant venait à moi. Il en fut de même avec la deuxième maison, puis avec la troisième à baie géminée ornée d'une Vierge. La quatrième fut la bonne, la porte s'ouvrit :

– Oui ?

– Je suis travailleur et je peux vous rendre bien des services.

L'homme replet à la barbe hirsute se méfiait :

– Je n'ai pas besoin d'un maigrelet de ton genre.

– Ma petite sœur et moi, nous n'avons rien mangé et…

– Rien mangé ? T'as qu'à travailler !

– C'est justement ce que…

Il claqua rudement la porte et je restai tout penaud à la fixer. Soudain, elle se rouvrit.

– T'as faim ?

– Oui monsieur !

– Des œufs, ça irait ?

– Oh oui !

Il me montra trois beaux œufs dans une petite corbeille qu'il me présenta comme pour me faire envie.

– Merci monsieur !

– Idiot, souffla-t-il en retirant le trésor de ma vue. Je ne te les donne pas ! As-tu de l'argent ?

– De l'argent ?

– Oui, un franc ou deux ?

Je baissai la tête, consterné par sa demande.

– Non monsieur…

– Alors fiche le camp !

Il allait disparaître.

– Attendez !

Je fouillai dans mes poches et mis la main sur les vingt francs du cavalier.

– Regardez !

Il eut l'air perplexe et examina la pièce comme si elle eût été fausse.

– Ça ira !

Il me flanqua rudement la corbeille entre les mains et claqua la porte.

– Mais…

– Va-t'en ! cria-t-il de l'autre côté. Ajoutant : Tu ne trouveras personne d'autre pour te nourrir !

– Voleur ! Voleur ! criai-je en tambourinant contre sa porte.

Le bonhomme m'avait pris de quoi acheter quatre poules bonnes pondeuses. Je rageai contre lui et contre ce maudit village. La nécessité de nourrir ma sœur me redonna l'envie de partir sans tarder. Je courbai le dos sous la pluie et repris le chemin de la troglodyte. En forêt, j'eus l'idée de ramasser des châtaignes. Mais d'autres, plus pressés ou plus affamés que moi, étaient déjà passés par là, et je ne récoltai qu'un maigre butin…

– Pauline !

Elle sortit de la maison, il ne pleuvait plus.

– Oui ?

– Regarde !

Elle vint vers moi d'un pas pressé et, lorsqu'elle vit les œufs dans la corbeille, un sourire illumina son visage.

– Je vais les préparer !

– Oui ma Pauline. Et voilà encore…

– Des châtaignes ! On va les faire cuire dans le four à pain !

– Comme tu voudras.

Elle avait mis un peu d'ordre dans le logis. Mais les courants d'air y étaient rois, car l'unique fenêtre était brisée. Quant à la porte d'entrée, elle avait été dégondée par celui qui était venu ici pour mettre le feu.

– Je vais réparer cela, dis-je avec résolution.

Si seulement il n'y avait pas eu le comte. Nous aurions pu vivre ici et j'aurais fait mon affaire du potager.

La pluie se remit à tomber. Elfa mangea quelques châtaignes et l'on se régala d'une omelette. À table, Pauline me demanda :

– Que vont-ils faire de notre mère ? Va-t-elle aller au cachot ?

– Peut-être.

– Pourtant, elle n'a rien fait, notre maman. Elle n'a rien fait !

Le feu dans la cheminée nous redonna quelque vigueur et, dans l'après-midi, le mauvais temps se fendit d'une courte accalmie.

– Je vais gratter le sol, dis-je à Pauline.

J'espérais y déterrer quelques pommes de terre que par bonheur mon père n'aurait pas trouvées ou qui auraient échappé à la fureur des cavaliers. En revenant les mains pleines, j'avertis ma sœur :

– Ce sont les dernières. Après, je ne sais pas ce que l'on mangera.

Elle frotta la peau des *pataches* et me demanda :

– Qu'est-ce qu'on va faire ? Le comte doit croire qu'il n'y a plus de troglodyte. Alors, on peut rester ?

– Un jour, les bûcherons arriveront et ils s'étonneront de nous trouver là. Ils iront le signaler au noble… Dès que le temps le permettra, nous irons à Saumur. Il nous faudra au moins une journée de marche.

Pauline s'approcha de moi l'air peiné. Je la serrai de toutes mes forces. Elle releva ses yeux pleins de larmes et m'avoua :

– Je veux rester ici.

– Mais on n'a rien à manger, Pauline. À Saumur, je trouverai un travail de journalier. Cela aidera, tu verras.

– Et si mère revenait ?

– Reviendra-t-elle seulement ? Ou alors, quand toi et moi on sera aussi vieux que le chêne des damnés…

Elle demeura silencieuse et je compris qu'un terrible chagrin lui nouait la gorge. Je pris sa main et lui promis :

– Je ne t'abandonnerai point, Pauline.

Elle tremblait.

– Je resterai toujours auprès de toi.

Elle tremblait encore.

– Personne ne te fera du mal.

Elle tremblait tant que cela m'inquiéta :

– Qu'est-ce qui t'arrive, ma Pauline ?

– Je ne sais point ! C'est comme si le diable était en moi !

– Vois-tu encore des choses ?

– Comme dans un rêve !

– Raconte-moi !

Elle voyait des images. Je la sentais prisonnière de la scène qui se déroulait sous ses yeux. L'enfant n'était plus là.

– Pauline ! appelai-je. M'entends-tu ? Par le diable !

– Il y a… le château… Ils sont tous au château !

– Qui ?

– Les gens importants, les gens de l'enterrement. Ils causent avec le comte. Ils mangent, ils sont à la grande table.

– Ils mangent entre le midi et le souper ?

– Pas aujourd'hui. Demain. Il ne fait point nuit comme à l'hiver, mais jour comme à midi.

– Que se racontent-ils ?

– Ils ont tout manigancé, tout !

– Manigancé ? Manigancé quoi ? Ma Pauline, réponds !

Elle redevint molle comme si le feu qui venait de lui labourer l'intérieur s'était subitement éteint. Je répétai :

– Manigancé quoi, Pauline ?

– Je ne sais point…

Elle se laissa choir sur le lit, visiblement éprouvée. Je fis les cent pas devant elle, l'esprit accaparé par ce que je venais d'entendre.

– Manigancé… Manigancé… comme pour faire la guerre ? Je ne comprends rien, Pauline !

– Ils y seront tous, répéta-t-elle essoufflée, et ils discuteront de nous.

Je m'arrêtai de gesticuler et lui tendis la main :

– Veux-tu recommencer ?

– Non, Maxime. J'ai bien trop de fatigue…

Je fis volte-face et répétai ses propos comme pour mieux les comprendre :

– « Il ne fait point nuit comme à l'hiver, mais jour comme à midi. » C'est donc qu'ils seront au château demain à l'heure du bénédicité.

Je m'assis à côté d'elle, les coudes sur les cuisses, frottant du bout des doigts mes yeux fatigués.

– J'irai !

– Où ?

– Au château. J'irai pour écouter, je veux savoir pourquoi notre père est mort.

Elle se dressa d'un coup et affirma :

– Alors, mon Max, j'irai avec toi !

X

LE LENDEMAIN MATIN, un ciel grisâtre recouvrait la campagne de sa morosité hivernale. L'eau du puits n'avait pas sa pureté habituelle et, dans le seau, des saletés couvraient la surface. Pauline la fit bouillir et prépara une soupe avec des épluchures de pommes de terre. Nous demeurâmes silencieux, attablés à la mauvaise table de bois blanc. On n'entendait que le heurt de nos cuillères de bois raclant le fond des gamelles. Nous étions pensifs, persuadés que dans quelques heures les convives du château nous livreraient leurs secrets. Mais encore fallait-il pouvoir pénétrer dans les lieux, éviter les gardes et les obstacles, le pont jeté sur la douve... Ces difficultés me tourmentaient.

– Bientôt, Pauline, il sera midi. Avons-nous pensé à tout ?

– Par où irons-nous ? Il y a Breteuil, les gardes du château !

– Je le sais.

– Parfois, les chiens du comte se promènent près des douves.

– Comment sais-tu cela ?

– J'ai entendu René le dire un jour à notre mère.

– Il faudra fuir si cela ne se passe pas comme nous le voudrions.

– Je ne veux pas qu'il t'arrive malheur, Max !

– C'est pour cela que tu resteras auprès de moi.

Quand l'heure arriva, nous nous couvrîmes chaudement et je pris soin de barricader la porte. Elfa traversa avec nous les sentiers forestiers, mais je décidai qu'elle resterait loin du château, en attendant notre retour. Nous trouvâmes l'allée pavée et ses arbres en procession de chaque côté. Nous arrivâmes à son extrémité et vîmes le château campé en haut du coteau. La silhouette de la bâtisse était toujours aussi inquiétante avec sa façade terne et ses pignons pointus. Depuis la disparition du vieux noble, Pauline et moi ne pouvions plus la considérer d'un œil confiant. Nous restâmes en retrait, cachés dans les fourrés, à observer les cabriolets qui arrivaient un à un. Un majordome, habillé comme autrefois – perruque blanche et redingote rouge –, s'inclinait devant la porte qu'il tenait ouverte tandis qu'un autre domestique guidait les pas des invités aux redingotes épaisses et chapeaux de velours.

– Des retardataires, dis-je à ma sœur. La plupart des gens sont déjà là.

D'autres cabriolets formaient une colonne près du pont-levis. Ce pont, c'était le passage obligé entre les deux grosses tours qui flanquaient les murs d'enceinte. Il était impossible de l'éviter.

– Comment passer ? me demandai-je à haute voix.

Le miracle arriva au rythme d'un claquement de sabots. Un vieil auxois à la robe rouanne tirait une carriole et l'homme qui tenait les rênes semblait aussi fatigué que lui.

– Que fais-tu là ? le questionna rudement un des domestiques.

– Je viens pour le vin, répondit l'homme âgé. Des caisses empilées encombraient la carriole.

– Ce n'est pas par ici. Tu dois passer par les douves !

– C'est que je ne sais pas où elles sont !

– Derrière, nigaud ! Fais vite, le comte attend ! Reprends l'allée et fais le tour par le croisement en patte-d'oie.

Le vieil homme grogna dans sa barbe et à coups de rênes intima l'ordre à son cheval de faire demi-tour. La manœuvre prit une éternité.

– Courons dans l'allée ! dis-je à Pauline.

La carriole allait passer. Nous nous cachâmes dans le contrebas, attendant de la voir venir. Le martèlement des sabots témoignait de l'approche, le cheval avançait à petits pas.

– Quand ils seront à notre hauteur, on grimpera !

– Oui, Maxime.

Nous n'eûmes aucune difficulté à nous hisser à l'arrière. Le vieux cheval avait dû parcourir de grandes distances et peinait à accomplir les derniers mètres. Nous restâmes recroquevillés, dissimulés derrière les rangées de caisses de vin. Le trajet nous sembla durer une éternité. La façade orientale du château n'avait pas la superbe du devant. Il y avait bien un pont-levis, mais il ne tenait que par des cordes et des poulies qui avaient dû supporter des charges colossales. Le cheval hésita à s'y aventurer, le vigneron haussa le ton :

– Vas-y bougresse, grimpe !

Le fouet claqua et la vieille jument finit par avancer. Des gardes fronçaient les sourcils à l'approche de cet équipage. Je prévins Pauline :

– Ne nous cachons plus. Faisons comme si nous étions avec lui.

Nous nous assîmes sur le bord du plateau, visibles et décontractés, nos jambes se balançant dans le vide. À distance, un garde nous toisait, il héla le vigneron :

– Hé le bonhomme, c'est à toi ?

– Par Dieu, à qui voulez-vous que ce soit ?

Il n'avait pas pris la peine de se retourner et pensa qu'on lui parlait de ses bouteilles de bourgogne. Il ajouta :

– Envoyez-moi du monde dans les douves, des bras vigoureux ne seront pas de trop !

La descente dans les entrailles du château fut quelque peu mouvementée. Jusqu'au moment où le vigneron serra les rênes :

– Arrête-toi là, ma mignonne !

Un coup de coude à Pauline et nous descendîmes sur-le-champ. Nous nous présentâmes devant le vieil homme avec une allure si assurée qu'il pensa que nous étions du château.

– On nous envoie vous aider, lui dis-je.

– Sais-tu où sont les cuisines ?

– Bien sûr !

– Il faut y mettre ces bouteilles.

Des hommes accoururent. Comme nous, ils déchargèrent la carriole à la va-vite.

– Allez, allez ! bouscula le vigneron. Le comte attend !

Je ne craignais qu'une chose : croiser Breteuil, car il était le seul à pouvoir nous reconnaître. Mais ce déjeuner au château mobilisait certainement ses efforts. Par précaution, je pris une caisse sur mon épaule, cherchant à cacher mon visage. Pauline suivit. Sa petite taille dans ce groupe d'hommes bien bâtis la rendait invisible. Tout alla très vite. La colonne de porteurs avança à grands pas dans le dédale des corridors et des goulets secrets du vieux château. Pauline peinait sous son chargement. De ma main libre, je l'en débarrassai. Une caisse sur chaque épaule, coûte que coûte je m'affairai. Dans les cuisines, serviteurs et valets n'attendaient que nous.

– Dépêchez-vous ! cria un homme en bonnet blanc. Mettez ça là. Pressons !

Des garçons en gilet brodé se hâtèrent de déboucher le vin. Assurément, la salle à manger n'était pas loin et déjà les plus rapides des serveurs s'y pressaient, bouteille à la main. Autour de nous, les maîtres queux s'activaient parmi la pléthore encombrante de sauciers, porteurs et commis de cuisine. Les oignons crépitaient sur les cuisinières à charbon, saucisses et jambons embaumaient à merveille. Et les bœufs et les moutons gras aux joues potelées et rôties nous faisaient terriblement envie.

– Qu'est-ce que t'attends ? cria un homme en blanc.

– Rien, répondis-je, je...

– Dehors, ouste !

Pauline me prit la main et m'entraîna.

– Il ne faut pas rester ici !

– Il faut trouver la salle à manger.

Le couloir d'apparat n'était pas celui qui nous avait vu entrer. Son parquet était rutilant et des armures y scintillaient. De nombreuses fenêtres donnaient naissance à autant d'arcades. Des tableaux, accrochés à des cabochons couverts de feuilles d'or, les rehaussaient. Les voussures étaient surmontées d'un buste à perruque et les miroirs accentuaient l'impression de grandeur et de brillance.

– C'est par là que sont venus les invités.

Nous étions seuls, jusqu'au moment où un serviteur traversa le couloir en toute hâte ; heureusement, il ne nous remarqua pas.

– Soyons prudents, dis-je alors. Il est arrivé par là…

On pouvait percevoir le brouhaha des conversations et le tintement de la vaisselle. Plus on s'approchait de la salle à manger, plus les propos devenaient compréhensibles. Dans son empressement, le serviteur avait oublié de fermer l'un des doubles battants. Nous pûmes contempler « ce repas à la fourchette » et ses convives. Les premiers mots que nous comprîmes furent ceux d'un homme en colère :

– … l'église détruite et son officiant mort, tout de même !

– Il ne vous aimait pas beaucoup, lui rétorqua le comte. Quant à votre église, monseigneur, ne vous en ai-je pas promis une autre ?

– Ils sont dix à avoir péri dans les flammes, attaqua un homme à qui il manquait un œil et une oreille, nous-mêmes nous aurions pu y rester !

– Il fallait que les choses aient l'air vraies, messire de Gréat, lui répondit calmement le comte. Et, que je sache, vous êtes tous en vie. Tout le monde pense que le feu a été mis par les mousseaux. N'est-ce pas ce que nous voulions ?

– Tout le monde ? Bon nombre de Verrinois ont vu ces mousseaux ouvrir les portes de l'église, c'est grâce à eux si nous avons pu en sortir !

– Des témoins qui ne témoigneront jamais, ironisa le comte. Soyez-en assuré, monsieur le lieutenant général…

– Mais dites-nous, monsieur le comte, que se serait-il passé si ces mousseaux, comme vous dites, n'étaient pas intervenus ? Serions-nous donc tous morts ?

– Ceux qui ont mis le feu à la vieille église avaient consigne d'ouvrir les portes le moment venu. Ils ont un peu tardé, voilà tout…

Il se leva subitement et éleva la voix :

– Enfin, messieurs ! Nous voilà débarrassés des mousseaux plus vite que nous ne l'avions espéré. Et les événements se déroulent comme convenu ! Depuis quelques jours déjà, des centaines de bûcherons travaillent à la déforestation de mes terres. Il y poussera bientôt des pieds de vigne dont le vin enrichira le village ! Tenez, l'unique fournée hebdomadaire de pain est depuis quelques jours passée à deux et je ne désespère pas qu'il y en ait trois !

Il y eut des exclamations, il poursuivit :

– Et la bonne nouvelle, messieurs, vient de mes amis du ministère de la Marine. Depuis peu, l'empereur Napoléon est en France ! Il s'est évadé de l'île d'Elbe et plus d'un millier d'hommes de la vieille garde et de la garde corse sont avec lui. Ils marchent vers Paris ! Partout où l'Empereur passe, la foule l'acclame, et les généraux, les soldats dépêchés par le roi pour stopper son avancée se rallient à sa cause. Dans quelques jours, il aura repris le pouvoir ! Je suis convaincu que Bonaparte va vouloir poursuivre ses conquêtes et construire une nouvelle flottille d'invasion. La construction de grands navires demande des arpents de bois noble comme le chêne et le hêtre. Ici, nous en avons autant qu'il en voudra ! Habituellement, le ministère utilise les bois du Nord, il nous faudra donc organiser toute une administration pour drainer les bois nécessaires à travers la France. Mais il y a mieux, les arsenaux dans lesquels nous les construirons prendront de l'importance, ils attireront des artisans et leurs familles. Je ne désespère pas de pouvoir obtenir les autorisations utiles afin que ces grands chantiers se fassent ici sur nos bords de Loire et, pourquoi pas, à Saumur ?

Il marqua une pause et il comprit qu'il venait de convaincre son auditoire, devenu silencieux. Il acheva :

– Quelques arpents de mes chênes suffiront à financer la construction d'une église et permettront de vous garantir de nouveaux versements de dividendes, messieurs. Les gens du village auront de quoi travailler, car bientôt il faudra bâtir de nouvelles maisons pour accueillir cette main-d'œuvre qui viendra de la France entière !

Mon cœur battait dans ma poitrine. Ces détenteurs de l'autorité aidés par les gens du village avaient conspiré contre nous par ambition et appât du gain ! Je serrai le poing, tandis que la salle croulait sous les applaudissements. Le sourire aux lèvres, le comte leva son verre de bourgogne.

– Merci à vous !

Autour de la table, je reconnus les visages de ceux qui avaient assisté à la cérémonie du défunt comte de Marson.

Un homme en tenue d'ecclésiastique tenta d'apaiser l'effervescence. Il eut du mal à se faire entendre :

– Monsieur le comte ! Monsieur le comte ! Permettez-moi toutefois une question…

– Oui, monseigneur ?

– N'était-il pas préférable de chasser les mousseaux par force de loi ? Après tout, vous êtes sur vos terres et la justice vous aurait donné raison !

– Pertinente remarque, monseigneur l'archevêque de la maison de l'Oratoire. Mais des procédures auraient pris du temps et nous n'en avions pas.

– N'y aurait-il pas là-dessous d'autres raisons que vous voudriez nous cacher ?

Le sourire du comte disparut et une gêne manifeste plana au-dessus de l'assistance. Le noble retint sa colère :

– Vous devenez maintenant zélé à vouloir faire appliquer la loi, monseigneur. Personne ici n'ignore votre haine de l'Empereur et, pour ne rien vous cacher, je ne l'aime pas non plus. Mais votre roi est en fuite et, là où il est, il ne nous apportera rien.

N'êtes-vous donc pas satisfait des cent mille francs perçus au titre de vos dividendes ?...

Devant le silence de son détracteur, le comte enchaîna :

– Allons, messieurs ! Apprécions ensemble ce bourgogne fraîchement sorti de mon chai de Dijon et fêtons ce qui s'annonce être une belle victoire !

– Au comte de Marson ! cria quelqu'un.

– Au comte de Marson ! reprit l'assemblée.

Les verres en cristal de Baccarat furent portés aux lèvres et, sans que le vin eût été vraiment apprécié, des remarques obséquieuses se firent entendre.

Je fis un pas en arrière, encore troublé par ces révélations. Au moment où je me rendis compte que Pauline n'était plus là, une main me tirait l'oreille. Je criai :

– Pauline !

– Tais-toi, bâtard !

L'homme m'envoya contre la porte qui s'ouvrit d'un coup et l'assemblée sursauta. Breteuil, fier de sa prise, annonça :

– Un espion !

Le comte s'approcha de moi avec la prudence du chat.

– Un espion ?

– Oui, monsieur le comte. Et qui vous écoutait depuis un bon moment.

Je hurlai :

– Pauline, cache-toi !

D'un geste, le comte fit venir ses gardes. Des hommes me ceinturèrent.

– Trouvez la petite, aboya le noble, trouvez-la ! Il m'observa longuement et fronça les sourcils :

– Je te reconnais. Tu es un Tessier, c'est bien cela ? Et ta sœur, je la croyais morte…

Il se tourna vers ses invités et leur déclara :

– Vous voyez messieurs, ils sont solides ces gens qui vivent sur mes terres. C'est vous dire si elles sont bonnes !

Ils s'esclaffèrent et les yeux du noble redevinrent de glace. Il me fixait avec haine :

– Tu vas goûter au cachot.

– Non !

– Plus jamais tu n'oseras me défier !

– Laissez-moi !

– Emmenez-le !

Et tandis que l'on me traînait dans le couloir et que je m'y débattais vainement, la voix du comte tonna :

– Sans boire ni manger ! Qu'il ne profite plus jamais de moi !

XI

LA LUCARNE QUI DOMINAIT le cachot n'offrait qu'un pâle filet de lumière et, tout autour de moi, l'ombre était si dense que je ne pouvais apercevoir les murs qui m'entouraient. Quelques pavés luisaient un peu et l'odeur de l'humidité me rappelait celle du bois pourri. Je m'assis en gémissant dans un coin du cachot, vide de tout : sans paillasse ni tinette. La roche suintait et l'humidité me transperçait ; je me mis à trembloter. Était-ce donc le fameux souterrain du diable, celui de Boutifol, dont m'avait parlé ma mère ? Je demeurai pétrifié au fond de mon antre, cherchant d'un œil craintif l'animal qui allait se jeter sur moi.

– Tu vas souffrir ! me promit le geôlier.

Il finit par s'éloigner de la porte, me laissant à mon désespoir.

– Pauline !

Ma voix ne trouva pas d'écho.

– Pauline ! Pauline ! Pauline !

– Tu vas la fermer, ta gueule ! Quand t'auras faim et soif, tu changeras de ton !

Les jambes repliées contre ma poitrine et le menton posé sur les genoux, je pleurai. Peu à peu, l'obscurité qui m'entourait me devint familière. Je me mis à gémir :

– Pauline… Pauline…

Et les heures s'écoulèrent avec cette seule obsession de la retrouver. J'espérais que les hommes du comte étaient toujours à ses trousses, ce qui signifierait qu'elle était encore libre. Peut-être avait-elle réussi à se cacher ? Quand j'eus pleuré tout mon soûl, un sentiment de profonde solitude m'envahit. Je demeurai la tête inclinée sur mes genoux et les yeux grands ouverts sur la nuit tandis que je me berçais comme un balancier de comtoise. J'écoutais cette musique dans ma tête, une comptine qui me soulageait. *Ah ! Vous dirai-je, maman, ce qui cause mon tourment ? Depuis que j'ai vu Silvandre me regarder d'un air tendre ; mon cœur dit à chaque instant : « Peut-on vivre sans amant ? »*

Je parvins à me rasséréner et revis les images du comte de Marson détaillant à ses convives l'envergure de son projet. Mon père serait mort car sa famille, de miséreux mousseaux, encombrait. Mais pourquoi ne pas nous avoir expulsés, comme l'avait fait remarquer l'archevêque de l'Oratoire ? Je ne me rendais même plus compte que je marmonnais :

– Pauline… Pauline…

Le garde tout à coup s'énerva et il trouva amusant de déclarer :

– T'as pas encore compris, gamin ? Ta sœur est morte !

Son rire résonna derrière la porte, mais je ne voulus pas l'entendre et repris :

– Pauline, ma petite Pauline. Et naïvement, je hurlai : Au secours ! Je veux sortir ! Sortez-moi de là !

Un ricanement me parvint du fond d'un des boyaux souterrains, et des bruits de pas m'indiquèrent que le garde s'éloignait. Au premier jour de ma liberté perdue, je savais que je ne reverrais pas ma forêt de sitôt. Debout, le dos courbé, je levai les yeux vers la lucarne et sa lumière blafarde. Elle était haut perchée et n'offrait rien d'autre qu'un carré de ciel laiteux. Elle n'apportait ni le bruit du dehors ni un claquement de sabots ou une bribe de conversation ; le vent, c'est tout. Je m'assis. Une chose me frôla : un rat. Je criai. Sa présence était d'autant plus effrayante que je ne le voyais pas mais le sentais là, tout près. Il courait d'un point à l'autre, suivait la ligne du mur et revenait aussi vite sur ses pas.

Ce rat allait devenir mon compagnon. Il rythmerait mes jours et mes nuits, m'apporterait une présence quotidienne. Le grattement de ses pattes ou son frôlement deviendrait vite un repère rassurant. Pourtant, je n'avais de cesse de répéter :

– Pauline... Pauline...

Bientôt, la soif me prit.

– De l'eau ! criai-je en tambourinant à la porte. De l'eau !

– Lèche les murs !

Le ricanement reprit, plus long et plus rauque que jamais. Le bonhomme n'avait pas tort, car de l'eau de pluie coulait par la lucarne. Elle avait le goût de la pierre et du moisi, de la pourriture aussi. Mais c'était de l'eau.

L'œil du geôlier me fixait par le judas.

– T'es pas mort, gamin ?... Solide, le bâtard...

Je tremblais. Le froid allait me tuer. La faim m'ôtait toutes mes forces. Je ne pouvais plus crier, seulement ânonner :

– J'ai faim, j'ai faim...

La porte solide et son judas malfaisant ne s'ouvriraient que quand le garde l'aurait décidé. Parfois, il m'épiait sans bruit car je ne l'entendais plus. La faim mobilisait tous mes sens, au point que les piqûres du froid ne me faisaient plus rien. Ma saleté, ma puanteur, mes souillures et tout le reste m'indifféraient. À présent, seul ce besoin de nourriture accaparait mon esprit.

– Eh, gamin ! T'es mort ?

Je ne pus lui répondre, il poursuivit :

– Celui d'avant, il a tenu huit jours ! Toi, t'en es à neuf, c'est bien, non ?

Neuf jours sans manger. Je me sentais partir vers de folles pensées. Des images frappaient mon esprit. Une lumière crue éclatait devant mes yeux, l'obscurité la remplaçait aussitôt ; et le silence était tel que je me croyais déjà mort.

– Il s'appelait Gaspard, tu le connaissais ? C'était un des fils de René.

J'étais vautré dans la fange de mes excréments. Mes cheveux lourds ne formaient plus qu'un amas graisseux, mes mains et tout mon corps tremblaient. Bouger devenait de plus en plus difficile et, si je ne voulais pas finir aveugle, je devais lever la tête pour fixer la lucarne. Un vrai supplice. Soudain mes forces me lâchèrent et tout mon corps se détendit. Le garde, me voyant ainsi allongé sur le ventre et d'une immobilité cadavérique, pensa que s'en était fini. Il entra, m'agrippa les cheveux, exposa mon visage à la lumière de son falot et s'écria :

– Vas-tu crever, sale vermine ! Que va penser le comte s'il apprend que tu n'es pas mort ?

Puis se parlant à lui-même :

– Si je le tue de mes mains, le Seigneur me punira. Mais je peux aussi aider le destin et saint Pierre ne pourra pas me le reprocher.

Je reçus alors un vif coup de trique sur les jambes. Je n'avais plus la force de crier. Il visa les cuisses, recommença, puis s'attaqua rudement aux côtes. Percevant mes râles comme une provocation, il se mit à taper de plus belle :

– Crève et tout le monde sera content ! Crève !

Mais son appel ne fut pas entendu et la vie demeura en moi. Il sortit du cachot en furie, tourna vivement la clé dans la serrure et cria :

– Il faut que tu sois mort pour dimanche ! Je fais partie des gardes qui doivent accompagner le comte pour la chasse à courre et je veux y être !

Je sanglotai en silence, désespéré, en attendant la mort comme une délivrance. Je perdis connaissance et me crus en route pour retrouver mon père. Mais une voix me réveilla :

– Maxime ! Maxime !

Mes paupières s'entrouvrirent et j'entendis nettement :

– Maxime ! Tu m'entends ?

– Mmm…

– C'est moi, c'est ta Pauline !

C'était bien sa voix, mais, dans le cachot, il n'y avait qu'une seule carcasse décrépite : la mienne. Elle dit :

– Ils m'ont arrêtée, Maxime. Je suis prisonnière comme toi.

Pauline m'appelait de l'au-delà. Ma tête qui s'était légèrement relevée retomba lourdement et mes paupières restèrent closes.

– Je suis à côté, m'indiqua-t-elle, dans l'autre cachot. Regarde, il y a un trou en bas du mur, tu le vois ? Est-ce que tu vois ma main ?

C'était donc par ici que se faufilait ce maudit rat. Il disparaissait dans le cachot d'à côté par ce trou qui ne permettait qu'un passage de rongeur ou celui d'un poignet de jeune fille.

– Vois-tu ma main ? insista Pauline. Ils viennent de m'arrêter… M'entends-tu Max ? Es-tu vivant ?

– Pauline…

– Je suis là.

J'étais trop épuisé pour pouvoir saisir sa main. Au onzième jour, je décidai de mourir. Une lumière éblouissante inonda les lieux et je compris à cet instant que les portes du ciel s'ouvraient à moi. Je me trompais. Quelqu'un venait d'ouvrir celle du cachot et la lumière du jour envahissait mon antre. J'entendis une voix que je ne connaissais pas :

– Oh ! Mon Dieu !

On se pencha sur moi et je sentis un souffle sur ma peau.

– Seigneur, il est mort !

– Non, répondit une autre voix. Non, il est vivant !

– Petit, tu m'entends ? Tu m'entends ?

On porta de l'eau à ma bouche. Une seule gorgée brûla ma gorge gonflée, le reste coula sur mes joues.

– Il lui faut des remèdes !

– Il va mourir…

– Il ne doit pas mourir ! Allez, mon garçon, courage !

– Baisse donc ta lumière, tu vois bien que ça l'éblouit !

Ils restèrent ainsi à me tenir le buste droit. Les deux hommes firent ce qu'ils purent pour me soigner. Ils portèrent à mes lèvres un peu de soupe tiède et mirent dans ma bouche une boulette de pain, que je mastiquai longuement. Puis ils s'adressèrent à moi quand, enfin, mes yeux se furent habitués à la lumière :

– On est des gardes du château. Si le comte sait que l'on t'aide, il nous tuera !

– Boitel qui s'occupait de toi est mort. Il a été piétiné par son cheval ce dimanche.

Je ne pus les remercier de vive voix, mais dans mes yeux émus ils découvrirent une profonde reconnaissance. Autour de moi, le sol de terre battue avait été recouvert de paille et mes nouveaux vêtements sentaient le propre.

– On ne peut pas rester trop longtemps avec toi, s'excusa l'un des deux hommes. Si quelqu'un nous voit, il pourrait aller nous dénoncer à qui il faut.

Ils étaient sur le point de sortir, quand je murmurai :

– Je…

– Oui, petit ?

– Pauline, elle doit avoir faim.

Ils restèrent à me dévisager.

– Pauline… On va s'en occuper. Ne t'inquiète pas.

Ils me laissèrent leur quinquet et sortirent. La clé tourna doucement dans la serrure. Quelques minutes plus tard, je m'adressai à ma sœur :

– Tu m'entends Pauline ?

– Oui, Maxime.

– Ils t'ont donné à manger ?

– Oui, ne sois point inquiet.

– Donne-moi ta main.

Je vis sa petite main fragile apparaître entre les pierres de notre mur mitoyen. Je la saisis et lui fis remarquer :

– Elle est bien froide.

– J'ai froid comme toi, Max.

– Dis-moi mon avenir, ma Pauline.

Je sentis ses doigts se durcir et le tendon de son poignet gonfla. Tout l'avant-bras s'agitait comme s'il s'emplissait de quelque chose. Brusquement ses doigts se dénouèrent et sa main me lâcha.

– Demain sera comme aujourd'hui.

– Et après-demain ?

– Je ne sais pas… Il faudra recommencer.

Je m'adossai au mur et soupirai.

La solitude retrouva vite ses droits, même si les conversations avec Pauline me donnaient quelque réconfort. Les gardes revinrent me voir chaque jour, avec une soupe et un morceau de pain. Je retrouvais mes forces grâce à leur aide. Un matin, ils me sourirent comme des bienheureux et sortirent de leurs poches des châtaignes encore chaudes. Je leur dis :

– Notre chienne aussi aime les châtaignes. Vous ne l'auriez pas vue, par hasard ? Elle s'appelle Elfa.

– Non, on n'a pas vu de chien.

Les deux hommes se ressemblaient comme des jumeaux. Ils avaient le front large et dégarni, des cheveux épais et une grande moustache qui finissait en boucle fine sur le haut de leurs joues. Ils s'appelaient Charles et Gustave.

– On n'a pas vu ton chien, reprit Charles, mais on a rencontré un homme qui nous a parlé de toi.

– Un homme ?

– Il te cherchait. Un cavalier, un drôle de type. Il n'avait pas l'air du coin. Il nous a averti qu'il voulait te voir à tout prix et il nous a même promis de l'argent.

Un silence plana, et je demandai :

– Que voulait-il ?

– On n'en sait rien. Mais comme il avait l'air bizarre, on lui a répondu que t'étais mort.

– Merci.

Je pensai à l'homme en habit d'officier royal, celui que nous avions croisé en forêt et qui nous avait inspiré de la méfiance. Ce souvenir me renvoya vers d'autres pensées :

– Et la forêt, qu'est-ce qu'il s'y passe ?

– On n'a jamais vu autant de bûcherons ! Même ceux qui ne sont pas du métier veulent s'y mettre.

– Pour tout le monde, enchaîna Gustave, le comte est devenu un héros. Le maître boulanger est passé à quatre fournées par semaine et la nouvelle église est déjà en construction.

Je baissai la tête d'un air résigné. Le comte avait injustement chassé les mousseaux et les gens du village comme les notables ne trouvaient rien à redire à la situation. Au contraire, ils le portaient aux nues. Sentant mon désarroi, Charles changea de conversation :

– Je suis sûr que tu penses que nous sommes frères ? demanda-t-il.

– Oui, répondis-je.

– En vérité, nous sommes beaux-frères ! Chacun s'est marié avec la sœur de l'autre !

– On a toujours travaillé ensemble, précisa Gustave ; depuis vingt ans nous sommes gardes au domaine de Verrie, mais on s'occupe aussi des chevaux et du parc.

– Alors, vous avez connu le vieux noble ? demandai-je.

– Pour sûr, c'est lui qui nous a pris à son service. On était bien avec lui, il nous traitait comme des hommes, hein Gustave ?

Ils restèrent à palabrer, je ne les écoutais plus. Je ne rêvais que de vengeance et de liberté. Pour assouvir ce désir il n'y avait qu'une chose à faire : prendre la fuite. J'interrompis les deux hommes qui étaient en route pour ressasser de vieux souvenirs :

– Je veux apprendre à lire !

– Hein ?

– Et à écrire. Je veux devenir aussi instruit que le comte lui-même !

Ils me dévisagèrent comme si je n'avais plus toute ma raison. Gustave, qui avait le sens de l'humour, marmonna :

– Il va bientôt nous demander de le libérer…

– Tu rêves mon petit, rétorqua plus sérieusement son beau-frère. D'abord, nous ne savons pas lire nous-mêmes et nous n'avons pas envie d'attirer l'attention sur toi. Tout le monde pense que tu es mort et, crois-nous, c'est très bien ainsi.

Je ravalai ma salive, redoutant le pire.

– Alors, que vais-je devenir ?

– Rien.

– Je ne vais pas rester là toute ma vie ! Et Pauline, voulez-vous qu'elle meure ici ?

Ils restèrent sans voix. Soudain, Charles s'emporta comme si un aveu le démangeait :

– Pauline ? Mais tu ne comprends pas, mon petit ! Pauline…

– Laisse, Charles, coupa son beau-frère. (Se tournant vers moi.) Tu veux apprendre à lire et à écrire, mais pour quoi faire ?

– Quand je serai instruit, je m'évaderai et je me vengerai du comte.

Il me regarda d'un air éberlué et éclata de rire :

– Si tu t'évades, le jeune comte nous tuera ! On ne t'aidera pas, mon petit !

– Mais puisqu'il me croit mort !

Il riait toujours et ajouta :

– Pour t'apprendre à lire, on va voir ce qu'on peut faire… Ils sortirent et prirent soin de tourner la clé dans la serrure en partant. Je restai dépité par tant d'incompréhension. Bientôt, j'entendis les sanglots de ma sœur :

– Tu n'as rien dit, Pauline.

– C'est que je suis malheureuse.

– Je comprends.

– Je ne veux pas rester là toute ma vie !

– Tu n'y resteras pas, je te le jure ! Donne-moi ta main, Pauline, donne. Et décris-moi ce que tu vois.

La petite main s'était encore amaigrie et la saleté la recouvrait. Je la saisis et, après quelques secondes de trouble, l'enfant me déclara :

– Si tu fais comme je te dis, alors demain sera un grand jour.

Troisième partie

XII

Nous restâmes à parler toute la nuit, tant et tant que cela nous épuisa. Au petit matin, Pauline s'endormit et me laissa seul avec mes pensées. Le rat que j'avais apprivoisé me rendit visite et apprécia de se faire gratter derrière l'oreille. Tandis qu'il couinait de contentement, je ressassai les bribes de notre conversation. Pauline m'avait exposé ses conseils, suggéré ce qui ferait un excellent plan de bataille. En suivant sa méthode, j'étais certain de me débarrasser de nos ennemis…

Je laissai retomber ma main et mes paupières alourdies de sommeil se fermèrent peu à peu. Les rêves m'emportèrent. Au bout du songe, une lumière apparut parmi des volutes de fumée. Elles s'écartèrent et le visage du diable apparut. Il était assis dans un grand fauteuil de velours rouge et souriait, la pipe vissée au coin de la bouche.

– Tu as bien de la chance, me dit-il. Ta petite Pauline veille sur toi. Elle est un peu comme ton ange gardien…

Il croisa les jambes et tira doucement sur sa pipe.

– N'oublie pas notre pacte, mon petit Maxime, le bonheur de ta vengeance contre la pureté de ton âme.

Il me fixa avec rudesse :

– Si tu veux gagner, il faut bien que tu donnes aussi. Tu me comprends, n'est-ce pas mon garçon ?

– Oui…

– J'irai jusqu'au bout de ma promesse. À toi d'en faire autant…

– Pourquoi me dites-vous cela ?

– Pour que tu n'oublies pas, on ne sait jamais…

À présent, un épais nuage brun l'enveloppait. Le tabac de sa pipe rougissait comme des tisons ardents. Un éclat incandescent miroita dans ses yeux tandis qu'il me fixait, le sourire obstinément accroché aux lèvres.

– Amuse-toi bien. Et surtout, ne m'oublie pas…

Quelques heures plus tard, mon ami le rat me réveilla. Il était en équilibre sur mon épaule et s'amusait à renifler mon oreille.

– Descends de là ! lui dis-je sans brusquerie.

La porte du cachot s'ouvrit et le rat détala. Charles et Gustave entrèrent :

– Ça va, l'ami ?

– Ça va.

– Regarde ce qu'on t'apporte !

Charles me tendit un livre, un ouvrage broché et habillé de cuir de veau. Sur les pages de papier marbré, des gravures riches de détails présentaient les animaux de nos forêts. Il y avait plus d'images que de mots, mais c'était un objet magnifique que l'on m'offrait avec générosité.

– On essaiera de t'en trouver d'autres, promit Gustave.

Je réglai la molette du quinquet pour donner plus de lumière et, tout en laissant mon regard parcourir les images, je répondis :

– Merci Charles, merci Gustave.

J'alternai les coups d'œil sur leurs mines réjouies. Imitant leurs expressions béates, je confiai :

– Moi aussi j'ai une surprise pour vous.

– Une surprise ?

– Oui. Charles, sais-tu qu'il y a quelques années le vieux comte de Marson voulait te nommer chef de sa garde ?

– Oui, je le sais.

– Sais-tu aussi pourquoi il ne l'a point fait ?

– Non.

– Parce que Breteuil lui a fait croire que tu n'avais plus toute ta raison depuis la mort de ton fils.

Les sourires s'évanouirent et les regards des deux hommes restèrent accrochés au mien. J'ajoutai :

– Breteuil vole ses hommes. Sur chaque solde, il prend un sou. Personne ne le sait, mais voilà bien des années que cela dure…

L'expression de leur regard se raffermit. Après avoir ravalé sa salive, Gustave m'interrogea :

– Comment sais-tu cela ?

– Je le sais, c'est tout.

– On ne peut pas te croire, s'emporta Charles. Tu avances des choses sans savoir !

– Sans savoir ? Allez vérifier. Il y a chez Breteuil une vieille selle et deux sacoches suspendues à une poutre. Vous trouverez là tout son trésor.

Ils s'observèrent avec stupéfaction. Charles, encore troublé par mes révélations, s'efforça de ne rien laisser paraître.

– On ira voir… Je ne sais pas d'où tu tiens cela, mais si ce que tu insinues est vrai…

Je m'assis en tailleur et ouvris tout grand le livre sur mes genoux. J'étais fasciné par la beauté des dessins et les jolis mots à la calligraphie encore si mystérieuse. Sans quitter le livre des yeux, j'ajoutai :

– Il y a bien mieux à faire que de voler cet argent. Il suffirait de faire savoir aux gardes qu'ils ont été trompés par leur chef. Alors, pour calmer les esprits, le comte renverrait Breteuil et nommerait à sa place quelqu'un de bien plus méritant que lui.

Ce n'était plus de la colère que je discernais en eux, mais une sorte de crainte dont j'étais la cause. D'une voix hésitante, Charles me demanda :

– Serais-tu sorcier par hasard ?

– Il me faudrait des livres, beaucoup de livres. Pauline m'a expliqué que je découvrirais un jour le secret du vieux noble sur des feuilles de parchemin. Je dois apprendre à lire…

Ma voix se fit tonique :

– Maintenant, plus que jamais, je veux être instruit. Le comte de Marson, il sait lire et il sait bien se tenir à table aussi. Il sait manger avec une fourchette et faire le baisemain. En devenant savant comme lui, je pourrai me venger !

– Te venger, reprit sagement Gustave. Ta liberté aurait-elle moins d'importance que ton envie de vengeance ?

– Ma liberté est toute proche. Je l'attends. Quant à ma vengeance, elle est devenue ma raison de vivre.

Ma détermination était si inébranlable qu'ils ne cherchèrent pas à me contredire. Ils quittèrent le cachot sans un mot de plus et le rat sortit de son abri pour venir vers moi. Il grimpa sur mon épaule et, tandis qu'il couinait dans mon oreille, je tournai avec application les pages de mon livre. J'observai les mots, les lettres, leurs similitudes ou leurs différences. Les images étaient une information capitale. Je reconnus à sa tête, à ses yeux obliques le loup et son pelage bleu d'acier. Je compris alors à quoi ressemblait un L et comment je devais, par association d'idées, le lire et le prononcer. La lettre O par exemple, combinée au U, se prononçait invariablement « ou ». Mon extraordinaire chance était de connaître toutes sortes d'animaux et Pauline m'avait appris le nom de volatiles qu'elle connaissait par cœur.

Je ne pensais plus à Charles et à Gustave. Je m'absorbais, à m'en abrutir, dans une étude complète de cet ouvrage. Je voulais comprendre, déchiffrer, saisir le fonctionnement des syllabes et des mots. Le silence m'y aidait. Si Pauline se faisait discrète, mon ami le rat ne me quittait plus. Il était laid et sale, comme celui qui figurait sur la gravure du livre. En tout point, il lui ressemblait. Il avait la même tête fuselée, de petits yeux humides et un pelage terreux. Sa laideur était telle que je me demandais comment j'avais pu ne pas la remarquer. Je décidai donc de le baptiser Boitel, nom du garde qui m'avait frappé aux premiers jours de ma captivité. Je m'exerçais avec le doigt à reproduire l'assemblage complexe des six lettres sur le sol sableux. La lettre O, associée à la lettre I, se prononçait « oua ». L'écriture hésitante et malhabile allait devenir facile à force d'entraînement… En fin d'après-midi, Charles et Gustave poussèrent la porte et apparurent, agités comme jamais.

– Tu avais raison, attaqua Charles. Il y avait de l'argent dans les sacoches !

Je restai impassible, les yeux fatigués par trop de lecture. Je répondis d'une petite voix :

– J'aimerais partager le même cachot que ma sœur.

– Quoi ?

– Elle sait tout, ma sœur. C'est elle qui m'a dit pour Breteuil ! Si vous voulez savoir d'autres choses, il faut qu'elle me rejoigne.

Ils restèrent pétrifiés comme des statues de tuffeau. Cette situation les surprenait tant qu'ils en demeurèrent muets.

– Et du papier, ajoutai-je, j'aimerais avoir de quoi écrire. Car je veux écrire !

– Tu auras tout ce qu'il te faut, accorda Charles d'une voix étrange. Mais dis-nous, mon petit, que sais-tu d'autre au sujet de Breteuil ?

– Rien sur lui. Ce qui est bon à savoir, vous le saurez plus tard, je vous l'assure.

Je tenais mon rat tout contre moi ; un coup d'œil sur l'animal et je déclarai aux deux hommes :

– Du lait avec du pain. Je suis sûr qu'il aimera.

Ils restèrent sans voix et la pâle clarté qui emplissait la lucarne attira mon regard. Je me sentis en voyage dans ma tête, les mots me vinrent comme si je rêvais :

– Faites ce que je vous dis et vous serez récompensés… Quelques minutes plus tard, Pauline était avec moi.

Le don de ma petite sœur n'était pas infaillible. Elle hésitait parfois, au point de ne pas pouvoir s'exprimer clairement. Dans le cas contraire, plus rien ne l'arrêtait et ses prémonitions s'avéraient exactes. Elle utilisait ce don sans savoir d'où il lui venait. Elle était en lien avec la pensée d'autrui, avec les perceptions des événements et des connaissances cachés. Elle présentait un récit détaillé de ce qui allait se produire et comment nous pourrions en tirer avantage. Ce qui lui échappait, je m'en arrangeais. Il suffisait de réfléchir, de construire avec le peu que nous avions. Ce n'était qu'une simple affaire de bon sens. J'envisageais parfois de lui révéler dans quelles circonstances elle avait hérité de ce don. Mais lui faire connaître la vérité aurait pu modifier cet atout remarquable et nous faire renoncer aux avantages qu'il nous apportait.

Deux jours plus tard, Gustave et Charles me confièrent la nouvelle que j'attendais.

– Le comte l'a renvoyé, exulta Charles. Nous avons fait en sorte que les gardes sachent tout. Il voulait éviter la colère de ses hommes !

J'étais assis et je feuilletais le livre illustré qu'il venait à l'instant de m'offrir. Il poursuivit :

– Je viens d'être nommé à sa place !

Ce que j'ignorais, et qui me semblait important, sa fonction m'aiderait à le découvrir. Je relevai la tête et lui déclarai :

– C'est grâce à nous, tu ne l'ignores point, Charles ?

– Je le sais.

– Maintenant que tu es le chef des gardes, je voudrais que tu te renseignes sur notre mère. Dis-nous si elle va bien et où elle se trouve.

– Si je peux t'aider ainsi, alors compte sur moi. Mais…

Il lança un regard de biais à son beau-frère et il me confia à voix basse :

– Avec Gustave, on a réfléchi. Et pour te remercier, toi et… ta sœur, nous avons décidé de vous aider à quitter le château.

Ils s'attendaient à une vive réaction de notre part mais notre placidité leur donna l'impression de ne pas avoir été compris. Gustave prit la parole :

– Tu vas partir. Ce ne sera pas compliqué, vu que le comte te croit mort. Avec le service que tu viens de nous rendre, on te doit bien ça !

Ils souriaient à pleines dents et s'attendaient à une réaction qui ne vint pas.

– Pour l'instant, nous préférons rester ici.

– Comment ?

– On ne veut pas bouger de là.

Ils n'en croyaient pas leurs oreilles.

– Mais enfin !

– Peut-on retourner chez nous ? demanda Pauline en me prenant la main.

– Le comte a mis le feu à notre maison, répondis-je. Nous n'avons nulle part où aller. Et puis ici, on est cachés…

Les deux hommes sortirent. Dès le lendemain, nos conditions de vie s'améliorèrent nettement. Une grande paillasse fut installée à côté d'un poêle en faïence. On nous apporta des vêtements et deux repas par jour nous furent servis. Des étagères furent installées sur les murs blanchis à la chaux pour y poser mes livres. Je pus m'asseoir sur une chaise paillée et m'appuyer à une table de bois noble. Je parcourus des textes du matin au soir jusqu'à ce que mes yeux n'en puissent plus. À force de pratique, le langage codifié des lettres devenait des mots et ces mots donnaient vie à des histoires.

Le temps passa, rythmé par mon apprentissage obstiné de la lecture, interrompu par de brèves pauses, pour manger et dormir. Sans grande habileté mais avec régularité, je découvrais les œuvres de Jean de La Fontaine. Ces lectures initiatiques m'offrirent la connaissance et améliorèrent mon vocabulaire, même si bien des mots me demeuraient inconnus. Je savais que seule la persévérance me permettrait d'y parvenir… Toutes ces nuits, ces matinées pluvieuses et ces longs après-midi mornes me donnaient le temps de progresser. Par la petite lucarne, sur laquelle mes yeux se posaient par hasard, je voyais couler les heures, les jours et les semaines. Je vivais ma captivité comme un mal nécessaire, apprenant à devenir plus solide en développant ce qui m'y aiderait : le savoir. Je me sentais mûrir et mon esprit se fortifier…

Le mois d'avril touchait à sa fin et l'affreuse nouvelle tomba. Ce matin-là, je lisais *Le Corbeau et le Renard*.

– Ta mère est morte, m'annonça Gustave.

Pauline poussa un hurlement et la plume d'oie que je tenais dans ma main droite demeura en suspens au-dessus du papier vélin. L'encre gouttait.

– Elle s'est suicidée !

Pauline s'écroula à genoux, je restai de marbre.

– Pourriez-vous me laisser ? demandai-je d'une voix neutre à l'homme qui s'exécuta.

Sans cri ni larme, je m'approchai de Pauline effondrée, qui battait le sol de ses mains.

– Calme-toi petite sœur, calme-toi…

– Maman !

Elle était inconsolable. Je levai les yeux sur la lucarne et l'image du comte apparut. Le feu qui couvait en moi décupla et, même si je ne laissai rien paraître, je sentis un embrasement me consumer de l'intérieur. Mon désir de vengeance devint plus fort que jamais.

Pauline pleura toute la nuit. Elle s'endormit à bout de forces et, dans son sommeil, elle se mit à gémir. Je lui caressai le front, je dégageai ses cheveux, tentai de la rassurer. Rien n'y fit. Je ne pus l'apaiser. Je saisis sa main qui tremblait et, à cet instant, sans qu'elle eût ouvert les yeux, j'entendis sa petite voix :

– Maxime… Maxime…

Le ton était angoissé, elle répéta :

– Maxime… Maxime !

– Parle, Pauline, dis-moi ce que tu vois !

– Il faut le tuer…

– Qui ?

– Le comte, il faut le tuer…

– Il en sera ainsi. Quoi d'autre ?

– Tue tous ces méchants, tue-les tous, tous !

– Mais qui ?

– Les gens du village et les complices du noble. Tue-les !

– Ne t'inquiète pas, ma petite Pauline. Ils mourront.

– Notre mère…

– Qu'a-t-elle ?

– Quand tu auras tué tous ces gens, notre mère reviendra, comme je suis revenue !

– Tu en es sûre ?

– Si elle ne revient point, alors je te quitterai pour aller la rejoindre…

– Ne t'en fais pas, je vais m'occuper de tout cela. Dis-moi par quoi je dois commencer.

– Divise les hommes et veille à ce qu'ils se détestent…

– Et comment ?

– Qu'ils connaissent les mauvaises nouvelles avant qu'elles n'arrivent. Qu'ils s'accusent les uns les autres !

– Aide-moi et je réussirai, je te le jure !

Ses lèvres s'immobilisèrent et sa voix s'éteignit jusqu'au lendemain.

XIII

GUSTAVE ME COUPA LES CHEVEUX. Je voulais être propre et présentable. Nos gardes nous traitaient comme des prisonniers hors du commun. Nous étions à leurs yeux des alliés à protéger. Ainsi, nos conditions de captivité s'améliorèrent encore. Du sable de Loire remplaça la paillasse qui avait été jetée là provisoirement. Une seconde lampe à huile améliora considérablement la clarté de la pièce et ma chaise vermoulue fut remplacée par une antique bergère. Le débarras du château, qui regorgeait de vieilleries, permit à Gustave d'y dénicher d'autres trésors. Quelques tableaux, certes en mauvais état, assurèrent une décoration sommaire. Un secrétaire détérioré et une console à la plaque de marbre fissurée constituèrent le mobilier. Les manuscrits ne manquaient pas non plus et bientôt les murs de mon antre en furent couverts. Je me hâtai d'y découvrir les sciences et les mathématiques, l'histoire et la géographie.

Par-dessus tout, je voulais rester concentré sur ma tâche. Je pensais froidement qu'il ne fallait pas que la mort de ma mère m'éloignât de mon but…

Appliqué à mes écritures, je ne relevais que rarement la tête. Quand, par hasard, cela se produisait, Pauline me faisait peur. La voir ainsi prisonnière de sa solitude m'inquiétait. Je craignais qu'elle ne devînt folle. Gustave, qui s'affairait à classer mes écrits, m'entendit dire :

– Ma pauvre Pauline, trouveras-tu donc la paix ?

Il se tourna vers moi :

– J'irai chercher dans le grenier une chose qui pourrait lui faire plaisir.

Dans l'après-midi, il revint avec deux poupées aux yeux de verre et aux têtes en papier mâché. Leurs corps étaient faits de peau remplie de sciure de bois. Elles étaient superbes. Comme Gustave craignait ma sœur, il me les confia.

– En bel état, hein ?

– À qui étaient-elles ?

– Pardi ! À la petite sœur du comte !

– La petite sœur ? Quelle petite sœur ?

– Éléonore ! Tu n'en as jamais entendu parler ?

Une allusion faite à ce sujet entre mes parents et d'autres mousseaux me revint alors à l'esprit. Une rumeur que je livrai au garde :

– On dit qu'elle aurait épousé un seigneur de Normandie.

– Elle s'est mariée, effectivement. Mais personne ne sait avec qui. Elle a quitté le domaine le jour de ses seize ans pour entrer à l'institut Saint-Germain. Ensuite, on n'a rien su, parce que Mme et M. le comte ne parlaient pas d'elle.

Je remis les poupées à Pauline qui les examina d'un air intrigué. Gustave n'avait pas fini :

– Éléonore ne s'entendait pas avec son frère. Il était très jaloux d'elle. Je le sais, j'en ai été témoin. Ils se disputaient tout le temps, ce qui inquiétait beaucoup leur mère… Du plus loin que je me souvienne, la comtesse était une femme un peu… bizarre. Bizarre, comme folle. Alors, elle n'a pas supporté l'absence de sa fille. Et un jour, elle s'est jetée dans la Loire.

Je restai suspendu à ses lèvres puis posai cette question :

– C'est donc pour cela que le comte n'aime point son père ?

– C'est le bon noble qui avait exigé le départ de la petite Éléonore. Il faut dire que ce n'était plus vivable, le frère et la sœur se détestaient vraiment.

Il ne restait alors au vieux comte de Marson que le poids de la culpabilité et du chagrin, car il se sentait fautif de la mort de sa femme.

– J'ignore ce qu'est devenue la petite, termina Gustave.

Il fixa les poupées que tenait Pauline, mais ne prêta aucune attention à l'enfant. Je m'approchai d'elle et passai ma main dans ses cheveux emmêlés.

– Il faudrait les couper, suggérai-je.

– Je t'en laisse le soin ! rétorqua Gustave.

– Allons, tu as l'air d'avoir peur d'elle… Ce n'est pas une sorcière !

– Elle me met très mal à l'aise !

Gustave me tendit un outil coupant. Sans crainte de mal faire, je m'improvisai garçon coiffeur. Avec un peu d'application et finalement une certaine dextérité, je coupai les trop longues mèches de ma petite sœur. Gustave me regardait faire avec une expression proche de l'effroi.

– Seigneur…

– C'est une petite fille comme les autres, lui dis-je.

– …

– Me crois-tu, Gustave ?

– Bien sûr.

Il sortit du cachot sans un mot de plus. Pauline testait l'articulation des membres de ses poupées et le cliquetis de mes ciseaux l'indifférait. Les cheveux commençaient à s'amonceler autour d'elle. J'avais plaisir à prendre soin d'elle, c'était la seule famille qu'il me restait.

– Où est Elfa ? me demanda-t-elle soudain.

– Je l'ignore. Mais, tu sais, elle se débrouille bien, notre chienne, même toute seule…

Nous entamâmes une longue conversation, légère et amusée. J'étais content de l'entendre parler, de la sentir se libérer un peu. Cette enfant était le trésor de ma vie. Je devais tout faire pour la protéger, pour ne pas la perdre comme le vieux comte de Marson avait perdu sa fille et sa femme…

L'antique brosse à cheveux avait dû caresser la chevelure de la petite Éléonore. C'était au tour de ma sœur d'en profiter… Elle parlait à ses poupées, les touchait sans se lasser. Je la laissai vivre ses rêves et allai m'asseoir à mon secrétaire. La tête penchée sur mes manuscrits, je découvris des ouvrages d'autrefois. L'un d'eux traitait des grandes stratégies militaires, de l'art de la guerre et des hommes qui les menaient. Certains excellaient. Je découvris ainsi les exploits de Jean Armand de Maillé-Brézé, un jeune marin français nommé colonel à l'âge de quinze ans, général des galères à vingt ans et grand amiral de France à vingt-quatre ! Il avait participé à huit campagnes et remporté un nombre impressionnant de victoires. En juin 1646, sa tête vola en éclats, soufflée par un boulet espagnol ! De son parcours, je ne voulais retenir que l'essentiel, ce qui servirait ma cause. Préparer le combat était l'élément fondamental d'une grande victoire. Henri de La Tour d'Auvergne-Bouillon, comte de Turenne, me livra ses secrets. La bataille de Turckheim était un exemple. Il avait réuni les renseignements nécessaires pour une meilleure connaissance du terrain ; il avait pensé la marche d'approche et ménagé l'effet de surprise. Froid, pluie, ruisseau en crue et sentier encombré n'étaient pas laissés au hasard… Les lieux de la bataille n'avaient pas de secret pour moi. Je connaissais la forêt de Verrie mieux que quiconque et je disposais de relations utiles. Des atouts importants. Pour supprimer la totalité du village, j'imaginais une méthode efficace et radicale… Mais pour ces gens de la noblesse, infâmes complices du comte, il me faudrait jouer de davantage d'habileté.

Je notais tout, déchirais, recommençais, énumérais les noms et les fonctions de mes ennemis. Quand j'hésitais, je me tournais vers Pauline :

– Te souviens-tu de ceux qui étaient à l'enterrement ?

Elle se rappelait les noms, les visages, les conversations. Elle me cita : M. le lieutenant général comte de La Ferrière-l'Évêque, commandant de l'école de cavalerie. M. le directeur de la prison d'État du château de Saumur, M. de Beauregard, commissaire général chargé de présider aux règlements de police. Et encore : Mgr l'archevêque de la maison de l'Oratoire des Ardilliers, M. de Gréat, trésorier du chapitre, à qui il manquait un œil et une oreille. M. Charles-Thibault Persac, maire de Saumur… Tous étaient au dîner du comte. Nécessairement, il me faudrait les tuer.

Pauline avait une mémoire extraordinaire, au point de se souvenir des détails d'une conversation entendue le jour de l'enterrement. Deux marchands avaient cité la maison Barreau, spécialisée dans la fabrication de chapelets à Saumur. Il s'agissait pour ladite société de passer commande au comte de plusieurs muids de vin. La maison Barreau avait pour habitude d'offrir des cadeaux aux diocèses qui commandaient régulièrement chez eux. Messire de Gréat, trésorier du chapitre, était friand de bons vins, à ce que l'on racontait. L'entreprise avait négocié cet achat à un prix très inférieur au marché et l'avance perçue par le comte lui assurait la couverture de ses investissements de départ. Ainsi, le vin qui n'existait pas encore avait déjà été vendu et payé.

Attaquer tous ces gens ne pouvait se faire que par le biais d'une armée. J'en étais dépourvu. Il me fallait donc trouver une autre idée. Les ouvrages thématiques faisaient référence à ce qu'était une guerre économique. De vieux journaux, traitant du même sujet, avaient été soigneusement mis de côté, certainement par le défunt comte de Marson. Les articles évoquaient la stratégie de Napoléon Bonaparte. Ce nom, je l'avais déjà entendu. Le dernier à l'avoir prononcé, il y a peu, était le jeune comte de Marson. Celui-ci avait évoqué son ambition de vendre du bois noble au ministère de la Marine. Une affaire étroitement liée au retour de cet homme qu'il appelait « l'Empereur ». Dans les articles, il était question de lui. Je lisais. L'empereur Napoléon avait conquis la plupart des pays d'Europe, mais la Grande-Bretagne, grâce à sa maîtrise des mers, demeurait invincible. Ni elle ni la France ne semblaient en mesure de remporter de victoire militaire décisive.

C'est pour cette raison que les Anglais avaient instauré un blocus naval, afin d'asphyxier l'économie du pays adverse…

Asphyxier l'économie du comte, l'esseuler et l'affaiblir pour le tuer. Voilà sur quoi je devais fonder ma tactique. Toute la nuit, je fomentai un plan. Je devais coordonner l'ensemble de mes actions ; considérer menaces, opportunités et éléments avérés.

Je définis un projet en élaborant des actions cohérentes, que j'établis selon une logique militaire pour réaliser ou atteindre un ou des objectifs. Je traduisis ensuite cette pensée, au niveau opérationnel en plans d'action par domaines et par étapes, comprenant des plans alternatifs utilisables en cas d'impondérable. Je ne voulais rien manquer, prendre en ligne de compte tous les éléments, y compris les plus improbables, afin d'agir dans un seul but : écraser l'ennemi.

La plume d'oie à la main, je notai avec application ces phrases sans grande poésie mais qui faisaient clairement état de mes intentions : 1) gagner davantage la confiance des gardes ; 2) les impliquer dans mon raisonnement belliqueux ; 3) les mener à l'action. Etc.

Je notai encore et encore, jusqu'à ce que mon plan fût assemblé, cohérent à mes yeux de chef de guerre. Je travaillai à m'en épuiser, utilisant encre et papier en abondance, classant les documents par priorité d'agissements et cela avec une rigueur obsessionnelle. Je tombai comme une masse sur ma paillasse, où Pauline dormait déjà.

Au matin, à mon réveil, la lucarne laissait passer un soleil déjà bien haut. Je compris que ma sœur était debout depuis longtemps.

– Tu devais être bien fatigué, me fit-elle remarquer.

– Je le crois.

Gustave apparut, le visage souriant :

– Charles est très occupé, mais il me charge de te dire qu'il est reconnaissant du service que tu lui as rendu.

Il prit mon pot de chambre avec l'intention de le vider et ajouta :

– Il veut que tu sois aussi heureux que lui.

– Le comte serait-il donc devenu un homme bon ? lui demandai-je avec ironie.

Il me laissa sans réponse et je lui dis :

– Le comte n'est pas si malin. Il ignore bien des choses. Si ton beau-frère veut encore s'en faire apprécier, qu'il entende cela : pendant trois jours il va pleuvoir et la Loire sera haute comme jamais. Le transport fluvial ne sera plus possible et les bateaux ne pourront franchir les ponts à cause de leur misaine et de leur grand mât. Le bois n'arrivera pas à temps et le noble sera fâché.

– Que doit faire le comte ? me demanda-t-il en tremblant.

– Qu'il utilise des gabarres. Ces grands bateaux sont gréés de mâts escamotables.

– Mais comment lui annoncer ? Le comte ne croira jamais mon beau-frère !

– Ton beau-frère est malin, il se débrouillera. S'il permet au comte d'éviter des erreurs, le jeune noble lui en sera reconnaissant.

– Merci, mon bon Maxime ! Merci !

Je le sentis reconnaissant et soumis, craintif et fasciné. Il était pressé de sortir pour aller porter ce message urgent à son beau-frère.

– Attends ! lui dis-je.

– Oui ?

– Préviens-le aussi d'une autre chose : des brigands sont sur le point de dérober des outils de bûcheron. Ils viendront cette nuit forcer les baraques de la forêt.

– Que Dieu te bénisse, me dit-il en écarquillant les yeux. Toi et ta petite sœur, que Dieu vous bénisse tous les deux !

Il sortit et je détournai mon regard pour poser mes yeux sur la feuille de papier où je pus barrer cette première étape réussie tout en me réjouissant de savoir qu'il y en avait d'autres encore.

Au milieu de la nuit, des bruits de heurts nous réveillèrent. Je n'en fus pas surpris. On entendit des hommes crier, se bousculer et les éclats de voix se rapprochèrent. À côté de mon cachot, il y en avait un second, celui où Pauline avait séjourné. J'entendis la clé tourner dans la serrure, des hommes se plaignirent, un autre cria :

– Rentrez là-dedans, vauriens !

Je restai immobile sur ma couche, attendant que le calme revienne. Les gardes du château venaient d'arrêter les voleurs d'outils. Ma respiration soulevait lentement ma poitrine, je demeurai les yeux ouverts à fixer le plafond, pensant avec sérénité qu'il me faudrait dès l'aube rayer sur ma feuille de vélin cette mention : *voleurs au cachot.* Le bruit continua encore un bon moment, les prisonniers étaient furieux. Je me tournai sur le côté et tirai la peau de vache un peu plus haut car la chaleur du poêle n'y était plus. J'étais satisfait de savoir qu'il y avait de l'autre côté du mur quatre hommes à ma portée. Il me faudrait les utiliser, comme je l'avais envisagé.

Ma garde personnelle était en train de se constituer.

XIV

AU LEVER DU JOUR, la pluie tombait depuis un bon moment. Je me tenais assis à mon secrétaire, la tête penchée sur mes écritures.

Je notais avec promptitude les conclusions de mes lectures et la synthèse d'un ouvrage traitant de « l'art du poison, posologie et maniements ». Pauline dormait encore et les brigands dans le cachot voisin étaient devenus silencieux. Il me semblait pourtant distinguer un râle dont l'inébranlable répétition commençait à m'irriter. L'un des quatre gaillards avait dû être blessé lors de son arrestation. Continuant d'aligner des mots avec la rigueur d'un notaire, j'articulai d'une voix forte :

– C'est lui qui vous a trahis !

Le silence se fit, puis quelqu'un me répondit :

– Qui parle ?

– Maxime Tessier. Je suis de l'autre côté du mur avec ma petite sœur Pauline.

– Qui nous a trahis ? Qui ?

– Celui qui râle en ce moment même.

Je savais qu'il ne tarderait pas à mourir, mais l'entendre ainsi gémir me gênait dans ma nécessaire concentration. Il fallait hâter son destin. J'ajoutai :

– J'ai entendu un garde parler. Il disait que la nouvelle était sûre et qu'elle venait d'un certain Léon. Ne serait-ce pas votre gars, par hasard ?

– Qui es-tu ? me demanda sèchement un autre.

– Un prisonnier, comme vous. Vous feriez bien de décider du sort de votre complice. Les gardes ont dit aussi qu'ils viendraient le libérer ce matin.

Je laissai planer un silence, convaincu d'avance des conséquences de mes révélations. Le ton changea entre les hommes :

– Léon, tu nous as trahis ?

– Mmm.

– Quelqu'un nous a dénoncés ! hurla un second. Sinon, comment les gardes ont su ?

– Qu'il crève !

– Il n'aurait pas reçu un coup de fusil, s'il avait été du côté des gardes…

– Peut-être un coup perdu !

– C'est pas son genre de trahir !

– Alors si c'est pas lui, qui c'est ? Bon sang, qu'il crève !

J'étais imperturbable dans mon écriture, même à l'instant où cette phrase fut prononcée par un homme dont la voix frissonna :

– Tu ne vas pas le tuer tout de même ?

– Ils vont venir le libérer et toi tu voudrais qu'il vive ?

Le moribond rencontra son destin plus vite que prévu et ses râles se muèrent en un cri qui dura le temps de son étranglement. Le silence qui suivit fut lourd ; je poursuivis ma besogne avec la satisfaction d'être débarrassé de ce bruit lancinant. Les hommes tentèrent d'engager la conversation avec moi, mais je demeurai silencieux, car leurs existences, pour le moment, m'indifféraient. À midi, ils comprirent que les gardes ne viendraient pas et que cette histoire n'était qu'une pure invention.

– Hé ! Toi, de l'autre côté du mur !

– Oui ? répondis-je.

– Les gardes ne sont pas venus le chercher ! Tu nous as menti !

Pauline jouait en silence. Je fis un pas vers elle et saisis la brosse à cheveux. La remarque de l'homme ne trouva aucun écho. Je ne voulais pas être au-dessous de ma dignité et satisfaire les exigences d'un menu fretin qui bientôt me servirait.

– Le chef des gardes va vous apporter votre repas, répondis-je d'une voix placide. Il va vous annoncer que vous serez pendus demain matin à 5 heures.

– Quoi ? Qu'est-ce que tu racontes encore ?

– Si vous ne voulez pas mourir, mentez. Dites-lui que c'est la maison Barreau qui vous a demandé de voler ces outils, pour faire prendre du retard au déboisement de la forêt. Il vous posera des questions, mais vous lui rétorquerez que vous ne voulez parler qu'au comte lui-même. Je vous expliquerai ensuite ce qu'il faudra faire...

La pluie commença à tomber et son martèlement prit de l'ampleur. Ce mauvais temps n'était pas une surprise : il allait durer les trois jours annoncés.

– Tu mens encore, vermine ! Et comment sais-tu que nous sommes des ouvriers de chez Barreau ? Et qui es-tu, bon sang ?

– Celui qui va sauver vos vies !

– Il n'y aura point de pendaison ! Nous, comme les riches, nous avons droit à la justice !

Ils m'entendirent ricaner et cela les rendit furieux, je leur fis :

– Entendez-vous les bruits ? Charles et ses hommes arrivent...

Ils se turent et tendirent l'oreille. J'insistai :

– Si vous leur dites que vous êtes des voleurs ordinaires, vous mourrez... Mais si vous leur affirmez que c'est la maison Barreau qui vous a demandé de voler le noble, alors, vous resterez en vie.

Bruits de pas et cliquetis de trousseaux, ils se rapprochaient. La clé tourna dans la serrure du cachot voisin. Charles s'écria :

– Profitez bien de ce repas ! C'est le dernier ! Demain, à l'aube, vous serez pendus !

– Par le diable ! Vous n'avez pas le droit !

– Je vois que votre complice est mort, constata-t-il. Il en reste donc trois...

La porte grinça, les gardes sortirent. L'un des bandits cria :

– Attendez !

– Quoi ? Tu as quelque chose à nous avouer ?

– Nous sommes de pauvres patenôtriers. On vient d'être renvoyés de la maison Barreau.

– Le fabricant de chapelets ? Vous avez mérité votre sort !

– C'est que l'on a des familles à nourrir !

– Elles feront désormais l'économie d'une bouche !

Le mécanisme de la serrure claqua, cette fois les gardes quittèrent les lieux. Sans hausser la voix, je dis aux trois prisonniers :

– Vous êtes des imbéciles. Vous valez d'être pendus.

– Ils n'ont pas le droit, s'emporta l'un d'eux. Ils ne peuvent point nous pendre sans un procès !

– Ils ont déjà tué mon père et ma mère sans procès, fis-je avec détachement. Vous serez morts demain, soyez-en sûrs.

Je brossai avec application les cheveux de Pauline. Sa présence lénifiante m'apaisait. Dans le cachot voisin, les trois hommes échangèrent des propos vifs et s'accablèrent de reproches. Je restai indifférent à eux et repris la lecture de mes ouvrages, en prenant soin de noter ce qu'il était utile de retenir. Un garde au faciès juvénile apporta notre repas et sortit aussi prestement qu'il était venu.

Je passai la journée entière à lire et à aligner des phrases sur mon papier vélin qui se noircissait. Un livre très documenté m'en apprit beaucoup sur le monde des affaires, des échanges, des rentes et des calculs. Je me réjouissais de tout ce que j'apprenais… L'un des hommes de l'autre côté du mur sanglotait et récitait en boucle des *Je vous salue Marie…* Le lendemain matin, des hurlements de désespoir emplirent les lieux au point d'en devenir assourdissants. On emmena les trois voleurs à la potence. Ils se débattirent, rugirent et ce tumulte perturba le plaisir de ma lecture. Mais je me consolai facilement en pensant que sous peu le silence reviendrait. Il en fut ainsi.

Mais une heure après leur départ, on les ramena au cachot. Les trois hommes avaient renoncé à toute velléité de résistance. Certainement étaient-ils encore sous le choc d'avoir croisé le regard du bourreau. La corde attendrait, quelqu'un en avait décidé ainsi. Je griffonnai sur mon papier une formule chimique et, sans relever les yeux de mon travail, je déclarai à mes voisins :

– Je vois que vous avez su agir dans l'intérêt de vos vies…

– Mais qui es-tu ? me demanda encore l'un d'eux.

– Vous avez bien fait de mentir aux gardes. Demain, le comte en personne demandera à vous voir.

– On a fait comme tu as dit, lâcha une voix. On a affirmé que c'était la maison Barreau qui nous avait demandé de voler les outils, pour faire retarder le chantier…

– C'est très bien. Continuez de suivre mes conseils et vous resterez en vie. Maintenant taisez-vous, je vais dormir un peu.

Ils entendirent mon souhait comme un ordre formel et se turent sur-le-champ.

À mon réveil, la pluie tombait toujours. Gustave était entré et avait laissé sur un coin de mon secrétaire un pichet d'eau chaude et des croquets de pain d'épice. Pauline esquissait de jolis dessins. Au bord du fauteuil, elle balançait ses petites jambes tout en fredonnant une chanson. Le cachot embaumait la fleur de tilleul et j'en humai les parfums avec délectation. La collation avalée, il était temps d'annoncer à mes voisins ce qu'ils auraient à faire pour sauver leur vie et servir ma cause :

– Toute votre misère, vous la devez à la maison Barreau. Si elle ne vous avait pas renvoyés, vous n'auriez jamais eu besoin de voler pour nourrir vos familles... C'est de la faute de votre patron si vous avez risqué la mort ! Alors entendez bien cela : je vous offre de quoi vous venger et votre retour à la liberté ! En voulez-vous ?

Il y eut un silence en signe d'assentiment, je poursuivis :

– La maison Barreau vous a renvoyés parce qu'elle rencontre depuis peu de grosses difficultés... De cela, au moins, vous êtes sûrs ! Pour éviter la potence, vous devrez certifier à M. le comte que M. Barreau vous a proposé un marché : voler tous les outils de déboisement pour faire perdre du temps au chantier. En échange, il vous a promis de vous reprendre à son service et vous avez accepté.

– Mais tout cela est faux ! On voulait seulement voler quelques outils pour les revendre et…

– Évidemment ! Préfères-tu dévoiler la vérité et finir avec la corde au cou ? Écoutez donc ! La maison Barreau a déjà versé un million de francs au comte, au titre d'avance, et a promis le versement d'un second million pour les semaines à venir. Mais si le déboisement prend du retard, la maison Barreau est en droit de réclamer la totalité de ce qu'elle a déjà versé, sans rien devoir de plus. Elle a grandement besoin de cette somme pour combler ses pertes. Le comte vous croira, soyez-en certains, car il sait comme vous que le fabricant de chapelets n'est pas au mieux.

– Mais…

– Mais ?

– Après, il nous fera pendre tout pareil !

– Non. Il comptera sur votre témoignage en cas de procès. Grâce à vous, il prouvera à la justice que la maison Barreau a tenté malhonnêtement de dénoncer leurs accords.

Je continuai :

– Le comte ne peut pas rendre cet argent, il en a trop besoin pour payer la centaine de forestiers qui travaillent pour lui !

J'étais debout près du mur qui nous séparait et je marquai une pause, afin de leur laisser le temps de réfléchir. L'un d'eux prit la parole et sa voix hésitante trancha avec mon ton assuré :

– Si le comte a besoin de nous, jamais il ne nous rendra notre liberté !

– N'ayez aucune inquiétude. Pour l'instant, n'ai-je pas réussi à sauver vos vies ? Bientôt, le comte et la maison Barreau se haïront. Et j'aurai obtenu ce que je voulais…

– Mais que veux-tu à la fin ?

– C'est mon affaire…

Je m'éloignai du mur, estimant que l'échange devait en rester là. Je m'installai à mon secrétaire et ouvris un livre qui traitait des bonnes manières aristocratiques. Je m'absorbai dans ma lecture. Dehors, le temps était si couvert que le crépuscule posa ses marques dès le milieu de l'après-midi. La pluie battait toujours et le vent grondait plus que jamais. Mon ami le rat, que je n'avais pas vu depuis longtemps, sortit de nulle part et vint me trouver.

– Te voilà ! lui dis-je d'un ton sarcastique. Un peu de pluie, du vent et tu viens te mettre au chaud !

Il resta à nos côtés jusqu'au lendemain matin. La venue des gardes le fit disparaître. Charles et ses hommes étaient entrés dans le cachot d'à côté.

– M. le comte exige de vous rencontrer, s'écria-t-il. Un seul peut venir !

Ils emmenèrent le volontaire qui, une heure plus tard, revint au cachot. Un silence pesant l'accompagnait :

– Alors ? pressa l'un de ses compagnons.

– Je lui ai dit ce qu'il fallait dire !

– Et ?

– Il m'a cru.

Il y eut des exclamations et des soupirs de soulagement ; peut-être même s'échangèrent-ils des accolades ou des tapes dans le dos.

– Tu nous as sauvés, me remercia l'un d'eux.

Leur joie était leur affaire. Mes yeux demeurèrent rivés sur les mots de mon livre et, en dépit du ton bas que je pris pour m'adresser à eux, ils m'entendirent :

– Bientôt, je serai libre et vous le serez aussi.

– Pourquoi tu ne nous dis pas qui tu es ?

– Je suis celui qui peut choisir son destin. Je vous aiderai à choisir le vôtre.

Je ricanai sous cape, tandis qu'ils commençaient à parler entre eux. Puis la nuit vint pour de bon et, après un rapide souper, je m'endormis au côté de ma petite sœur.

Le lendemain matin, il pleuvait encore et cela ne me laissa aucun doute quant à l'inexorable montée des eaux. La Loire atteignait très certainement des hauteurs spectaculaires et le trafic fluvial devait en être très perturbé. À peine Gustave s'était-il présenté à nous qu'il engageait la conversation à ce sujet :

– Le comte a dû retarder l'expédition des premiers échantillons de son bois. Mais la décrue ne se fera pas en un jour et mon beau-frère l'a convaincu d'utiliser les gabarres ! Il n'a pas eu trop de mal…

Il souriait, heureux que mes conseils profitassent tant à sa famille. Mais il se fit grave quand il me tendit un journal :

– Vu que tu sais lire et nous pas… Il est écrit que la maison Barreau…

La première page du *Journal de Saumur* consacrait ses gros caractères à la gloire de l'empereur Napoléon, mais la rubrique économique en pages locales détaillait sans ambages les déboires de la maison Barreau. Je lus à haute voix le titre qui figurait en bonne place : « La maison Barreau en graves difficultés financières. »

– Et quoi d'autre ?

– Laisse-moi lire et écoute ! « La manufacture Barreau est actuellement menacée de fermeture. La soudaine augmentation du prix de l'ivoire a été cause de ses déboires financiers. Le monopole de la vente d'objets de piété qui aurait été accordé à la ville de Saumur, sur ordre du pape, n'était en réalité qu'une fausse information, qui a cependant mis en confiance l'entrepreneur Barreau et l'a incité à réaliser d'importantes dépenses. Bon nombre d'entreprises locales sont en attente d'un recouvrement et cette situation pourrait bien leur en coûter. Les cent trente salariés ont ainsi été remerciés sur-le-champ, les locaux et les marchandises de ladite société ont été confiés à maître Jaffré, huissier audiencier, prestement mandaté par le tribunal de commerce… »

Je lui épargnai les suites de l'article et le point de vue personnel de son rédacteur. Gustave me regardait, en attente d'un commentaire.

– C'en est fini pour Barreau, lui dis-je alors. Avais-tu des intérêts personnels dans cette affaire ?

– Non, bien sûr que non…

Il me donna quelques vagues explications auxquelles je n'accordai que peu d'attention. Je pensais au comte qui assurément ne percevrait pas le deuxième million qu'il attendait. Mais la revente des locaux et des marchandises de la maison Barreau assurerait aux débiteurs un capital, si léger fût-il. Je m'arrangerais pour que le comte ne puisse percevoir le sien.

– Gustave !

– Oui ?

– Tu serais bon de m'apporter le journal aussi souvent que possible.

– Bien.

– Ah, j'oubliais. Peux-tu dire à ton beau-frère que j'aimerais le voir ?

Il quitta les lieux, et s'éloigna tandis que je me rapprochais du mur mitoyen.

– M'entendez-vous ?

– Oui, me répondit l'un des deux détenus.

– Maintenant, vous savez : la maison Barreau n'existe plus. C'est terminé !

– Nous ne retravaillerons donc jamais…

– Vous êtes vivants et bientôt vous serez libres… Comptez sur moi.

XV

Le comte de Marson venait de perdre son principal allié. Mais le noble pouvait au moins se réjouir d'une chose : il n'aurait jamais à rendre le premier million perçu. Le témoignage des trois voleurs ne servirait à rien et ce sentiment se renforça plus encore lorsque, le lendemain matin, il fut avancé par voie de presse que M. Barreau avait purement et simplement disparu. Tout le monde pensa qu'il avait pris la fuite pour éviter de faire face à ceux à qui il devait de l'argent.

Les meilleures estimations fixaient le prix de la manufacture, l'ensemble de ses marchandises et de l'outillage à guère plus de trois cent mille francs. Le comte, comme bien d'autres créanciers, était en droit d'en obtenir une partie, même si le montant était loin de combler les pertes subies.

Le noble ne devait pas récupérer un sou de cette liquidation judiciaire.

J'avais sauvé les trois modestes voleurs de la potence pour qu'ils se sentent redevables. Il était temps pour eux de payer leur dette et de me rendre quelques menus services…

– Je vais vous faire libérer aujourd'hui même, leur annonçai-je avec aplomb.

– Comment ?

– Sous condition… Car à présent, le comte se moque totalement de vous savoir morts ou vivants. Je vais devoir trouver une solution… Je vais vous dicter ce que vous devrez faire pour moi si vous voulez que je vous sorte de là. Dans la nuit de demain, vous irez mettre le feu à tous les bâtiments de la maison Barreau, vous veillerez à ce que les flammes détruisent les marchandises, les machines, tout !

– C'est que… nous ne savons point faire cela !

– Allons, allons ! Rendez-moi ce service et je vous en rendrai bien d'autres. Vous ne le regretterez pas…

Déroutés pas une telle demande, ils ne surent que dire. J'enchaînai :

– Ce n'est pas tout : je vais partir. À ma sortie, Pauline et moi, nous allons venir loger chez l'un de vous trois. Je vous laisse décider lequel…

Bruits de pas dans les boyaux souterrains. Charles venait me rendre la visite que j'attendais. Je restai debout près du mur, les mains croisées derrière le dos et les yeux fixés sur la porte qui s'ouvrait. Le chef des gardes entra le premier, suivi de son beau-frère qui demeura en retrait.

– Comment vas-tu ? me demanda Charles.

– Bien.

– Et Pauline, comment va-t-elle ?

– Pourquoi ne le lui demandes-tu pas toi-même ?

Il sourit et fit :

– Tu as demandé à me voir ?

– Oui. Nous voulons sortir.

– Sortir ?

– Oui.

– Par saint Maurice ! Où veux-tu aller ?

– Je ne sais pas. Pauline et moi en avons assez d'être ici. Il est temps pour nous de partir…

Il fronça les sourcils. Il fit un pas vers moi.

– N'es-tu pas bien ici ? N'es-tu pas traité comme il se doit ?

Je m'écartai du mur et me rapprochai de Pauline qui nous écoutait avec attention. Son regard était plein d'inquiétude. Je posai une main rassurante sur son épaule et tournai les yeux vers Charles.

– Je te propose un marché.

– Je t'écoute.

– Autant que tu le voudras, je te donnerai des conseils, je t'expliquerai les chemins à suivre pour connaître la gloire et réussir comme tu le désires. Là où je serai, tu pourras venir me voir et je t'aiderai par tous les moyens à satisfaire tes demandes…

Il tritura la pointe de sa moustache d'un air pensif, hésitant sur ce qu'il allait me répondre.

– Je m'interroge, fit-il d'un air mystérieux. Pourquoi cherches-tu à aider le comte ? Il t'a fait tant de mal…

– Ce n'est pas lui que je cherche à aider, mais toi. Avec ton beau-frère, vous m'avez sauvé la vie… Grâce à vous, je sais lire et écrire, je vous en serai éternellement reconnaissant. À présent, aide-nous à sortir d'ici et je continuerai à t'aider.

Il fit un sourire en coin et laissa s'installer un silence. Puis il s'approcha doucement de mon secrétaire et jeta un coup d'œil sur les feuilles éparpillées. Il en prit une au hasard, l'examina et regretta certainement de ne pas savoir lire :

– Tu as appris par toi-même, tu es un garçon très intelligent.

– Dehors, je te dirai tout ce que tu voudras savoir ! Mais ici, je ne te révélerai plus rien !

Ce ton péremptoire l'irrita et sa voix se raffermit :

– Il faut que tu comprennes que, si le comte apprend que tu es vivant et libre de surcroît, je ne sais pas ce qu'il adviendra de moi !

– Il y a peu, tu voulais bien nous laisser partir. Maintenant, tu ne veux plus. Tu as compris ce que tu avais à gagner en nous gardant ici !

– Il est très informé de ce qui se passe ; tôt ou tard, il saura !

– Non, je m'en arrangerai ! Il ne connaîtra rien de notre nouvelle existence. Et tu me l'as dit toi-même, il y a bien longtemps qu'il nous croit morts !

J'étais haletant, la colère m'envahissait :

– Je veux aussi que tu libères les trois ouvriers de chez Barreau, le comte n'a plus besoin d'eux.

Il prit appui sur mon secrétaire tant il était abasourdi. Craignant sa réaction, Pauline courut se blottir contre moi.

– Enfin, souffla-t-il, serais-tu devenu fou ?

– Il me faudrait un peu d'argent et des vêtements aussi… J'irai m'installer à Saumur et je servirai ta cause, je te le jure !

Il me fixait, éberlué. Cette fois, il était convaincu que la folie avait gagné mon esprit. Il me répondit, dans un quasi-chuchotement :

– Mon pauvre garçon… Te voilà atteint du mal des prisonniers.

Il s'était assis dans mon fauteuil, il n'y resta pas longtemps.

– Je préfère m'en aller ! Désormais, fais-moi venir seulement si tu as des choses intéressantes à me communiquer.

Gustave lui ouvrit la porte. À mon appel, Charles se retourna :

– Regarde !

Je brandissais une feuille qu'il regarda sans trop de réaction.

– Qu'est-ce que c'est ?

– L'avenir !

– Quel avenir ?

– Le tien !

Il se précipita sur le bout de papier qu'il m'arracha des mains. Il le déplia et essaya de déchiffrer.

– Tu ne sais pas lire, mon pauvre Charles…

Il me fusilla du regard. Je poursuivis, plus calme que lui :

– Dans quelques minutes, tu accompagneras le comte dans sa voiture. Vous vous rendrez sur les quais de la Loire pour assister à l'expédition du bois vers le chantier naval de Nantes… Confie-lui ce message dès votre départ et il t'en sera reconnaissant.

– Serait-ce un stratagème pour mieux me tromper ?

– Ce n'est qu'une simple feuille de papier…

Il replia le document et le coinça dans sa manchette :

– Tu es le diable !

– Ou ton sauveur…

Il fit volte-face et quitta mon cachot. Gustave ferma derrière eux. Je criai :

– À midi, tu seras convaincu !

Je souris à Pauline, confiant, en dépit des apparences. Le jeu se déroulait comme je l'entendais. Je me laissai tomber au fond de mon fauteuil. Je soupirais quand une voix résonna derrière le mur :

– Alors ? Ils ne sont pas venus nous libérer ! Tu nous as encore menti !

– Dans une heure, tu ne sauras pas comment me remercier !

Je décidai de me taire et de ne plus répondre à leurs provocations. Il fallait mettre un peu d'ordre sur mon secrétaire ; le désordre de ces feuilles éparpillées, ce n'était pas mon habitude. Il y avait cette page manuscrite que Charles avait examinée sans pouvoir en comprendre le sens. Ce qui me fit sourire car j'avais oublié ce qui y figurait : *Faire assassiner Charles, si nécessaire.* Je me réjouis alors, en pensant que le chef des gardes était un parfait illettré… Je classai le document à la suite des autres, par ordre d'agissements. C'était le moment de faire du rangement et d'anticiper notre départ. Ici, sur mon secrétaire, et là, sur les étagères, des centaines de pages racontaient l'histoire de mon ascension. Je devais les emporter, toutes… J'annonçai à Pauline :

– Prends vite tes poupées et tout ce que tu voudras. Elle s'exécuta.

– Maxime ?

– Oui, sœurette ?

– Pourquoi as-tu fait prévenir le comte ?

– Car il ne doit pas mourir tout de suite, ma Pauline. Sois patiente, tu auras ta revanche et notre mère sera bientôt avec nous.

Le sourire qu'elle m'adressa signifiait : « Je te fais confiance. » Elle s'activa à regrouper ses effets.

Sur le petit bout de papier était inscrit ce qui sauverait sans nul doute la vie du comte : *Avant le croisement en patte-d'oie, descendez de votre coupé et observez.* Bien à l'abri, il allait voir sortir de tous côtés une dizaine de mousseaux rendus haineux par sa faute et armés comme des brigands. Ils viendraient dans un seul but : lui ôter la vie. Ils stopperaient sa voiture, égorgeraient le cocher, s'introduiraient dans la berline et s'étonneraient de la trouver vide. Je privais ainsi les miens d'une vengeance méritée mais préservais la mienne. Le comte ainsi sauvé verrait en Charles un garde capable d'obtenir de précieux renseignements…

Une heure plus tard, quand Charles ouvrit la porte, il resta une seconde à me dévisager. Sa redingote était trempée et les extrémités de sa moustache tombaient tant son visage ruisselait d'eau de pluie. Il demanda :

– Serais-tu le diable ?

– Nous sommes prêts à partir.

– Tu lui as sauvé la vie !

– Tu vois bien que je ne lui veux pas de mal…

– Je ne te comprends pas, mon garçon…

– Libère-nous et je t'aiderai encore. As-tu fait préparer une voiture ? C'est que j'ai bien des choses à y mettre…

Il vit alors que tout avait été rangé, que Pauline et moi portions coiffes et manteaux et que nous étions déterminés à quitter les lieux à l'instant.

– Je te ferai surveiller, me mit-il en garde.

– Comme tu voudras.

– Tu ne seras pas tout à fait libre !

– Peu m'importe.

– Si tu menaces la vie du comte, je te tuerai !

Je ricanai et il ne trouva rien à ajouter.

Quelques minutes plus tard, Gustave vint nous chercher. Il me remit cent francs en pièces d'or et m'indiqua que mes vêtements et mes archives allaient être rangés dans des malles qui seraient fixées à la galerie du fiacre. Il libéra nos voisins qui sortirent de leur cachot avec des expressions incrédules. Tous trois sentaient l'urine et le moisi, leurs visages étaient si crasseux qu'on ne voyait que le contour de leurs yeux. Je ne leur prêtai que peu d'attention et fis sciemment l'économie de mes mots. Nous montâmes dans la voiture qui attendait sous un haut châtaignier. Les trois hommes prirent place sur la banquette en face de la nôtre et restèrent à me dévisager avec des expressions terrifiées. Gustave s'activait et chargeait les malles sous la pluie. Quand il eut fini, il vint me trouver à la fenêtre :

– Voilà. Toutes vos affaires sont chargées…

– Bien, répondis-je. Alors nous pouvons y aller.

Il resta silencieux, embarrassé par cette situation invraisemblable, puis d'un geste il donna au cocher le signal du départ. Les roues grincèrent dans l'allée gravillonnée. Je pris la main de Pauline et laissai promener mon regard sur ces décors gris frappés par la pluie.

Le plus grand des trois hommes parla enfin :

– Seigneur, mais t'es un gamin !

Les yeux rivés sur le paysage, je lui répondis :

– Un gamin qui vous a sauvé la vie.

– Et ta petite sœur, doit-elle venir avec nous ?

– Pauline ne me quittera jamais.

Elle était là, son épaule contre la mienne, et souriait en me regardant.

Je fixai les trois gaillards avec beaucoup moins de douceur que je ne regardais ma sœur, et je leur dis :

– Respectez ma sœur comme une princesse, ou il vous en cuira !

J'embrassai Pauline sur le front et les hommes restèrent silencieux. Je la regardai avec tendresse et lui dis de manière à ce que les autres m'entendent :

– C'est grâce à toi s'ils sont libres aujourd'hui...

Les sabots des chevaux claquaient en rythme et leur musique s'accéléra. Le chemin serpentait dans la forêt ou du moins ce qu'il en restait. De part en part, et aussi loin que nous pouvions voir, les chênes, les peupliers, les hêtres et tous les arbres qui composaient l'univers de notre enfance avaient disparu. Devant nous s'étendait un terrain nu, débarrassé de ses buissons et de ses fourrés comme si un incendie avait dévasté la surface du sol. Cette vision de désolation arracha une plainte à Pauline qui porta aussitôt la main à sa bouche. De l'autre, elle attrapa mon bras et ses doigts se crispèrent à me faire mal.

– Ne t'inquiète pas, la consolai-je avec douceur. Il paiera pour tout ça...

Le fouet du cocher siffla et les quatre chevaux trottèrent de plus belle. Le fiacre continua à cahoter et les bêtes avalèrent sans peine la distance qui nous séparait de Saumur. Dans peu de temps, nous y serions. En traversant le domaine de Marson, je m'imaginai en être le propriétaire, le seigneur des lieux. Si, par le plus grand des hasards, cela devait arriver, j'ordonnerais sans tarder que l'on y plantât deux fois plus d'arbres qu'il n'en avait été arraché...

Pauline pleurait, la tête au creux de mon épaule. Sa peine était la raison de ma vengeance. Mais sa douleur ne fit que me donner plus de vigueur encore. J'étais serein, car mon plan se déroulait comme je l'avais prévu. Libre, j'irais plus loin dans ma quête de représailles. À présent, il était temps pour moi de passer à la partie la plus audacieuse de mon projet.

XVI

LA ROUTE PAVÉE DOMINAIT une Loire en crue. Tout le long de ses rives, des peupliers et des aulnes aux racines trempées se miraient dans les ondes moirées.

Nous venions d'arriver à Saumur. La pluie avait cessé. Sur notre passage, les voitures et leurs chevaux se croisaient dans un tumulte effarant. Les gens allaient et venaient parmi ce désordre et notre voiture perdit de la vitesse tant l'endroit grouillait de monde. D'un côté, la Loire et ses quais, de l'autre, les belles maisons en tuf. Des ruelles pressées autour des faubourgs anciens desservaient les logis aux pignons bardés d'ardoise et décorés de croisillons de bois. Ces ruelles assistaient au va-et-vient des uniformes, des belles toilettes et des grands équipages. La population était dense, les promeneurs à pied ou à cheval se bousculaient. Il fut malaisé de circuler au cœur de la ville pour atteindre notre but : le quartier du Fenêt, que je ne connaissais pas. Nous y arrivâmes pourtant, à force de patience. D'entrée, je fus surpris de découvrir, sur la hauteur d'un promontoire, la silhouette des moulins qui couronnaient un coteau servant d'assise à un château fort. Cette demeure seigneuriale m'en rappela une autre et sa présence me gênait. La splendeur du coteau eut ma préférence.

– Qu'est-ce que c'est ? demandai-je.

Des plaques de roche brune apparaissaient sur une falaise abrupte, haute de quelques dizaines de pieds. Leur étendue était impressionnante. Planes et dépourvues de végétation, elles étaient criblées d'excavations. Des troglodytes, d'un genre différent de notre logis familial, semblaient servir d'habitat à des citoyens modestes. Ces lieux fantasques et vivants me plurent immédiatement.

– C'est le quartier des patenôtriers, m'apprit l'un des trois garçons. La maison Barreau est toute proche…

Nous arrivâmes devant la manufacture en question, sans pour autant nous y arrêter. Composé d'un alignement de maisons, toutes identifiables par les arcatures de leurs boutiques, elle se trouvait en bas du coteau. Elle connaîtrait bientôt le sort des flammes car le comte de Marson ne devait toucher aucun sou de sa revente. Le fiacre poursuivit son chemin et nous mena jusqu'au logis de celui qui allait nous héberger. Il s'appelait Étienne. Il était le plus grand de nos trois compagnons, le plus maigre et le plus courageux. Il s'adressait assez souvent à moi, sans trop me craindre, tandis que le seul fait de me regarder suffisait à effrayer les deux autres. Il indiqua au cocher un endroit précis pour arrêter les chevaux et, comme il était considéré comme le chef par les siens, il obtint d'eux qu'ils descendissent les malles.

– Faites vite, il pourrait bien se remettre à pleuvoir !

Pauline et moi restâmes assis, à regarder par la fenêtre cette baraque étrange d'où une femme grassouillette en tablier de serge de laine sortit avec précipitation :

– Étienne !

– Sophie !

Elle avait gardé son torchon à la main. Elle courut étreindre son mari, sa voix contenant autant de joie que de colère :

– Où étais-tu passé, mauvais homme ?

– Je te raconterai, ma Sophie, c'est que nous avons bien failli mourir !

Elle posa ses mains sur le visage crasseux de celui qui la dominait de deux têtes et lui lança :

– Mon Dieu, comme tu es sale !

Elle reconnut les deux hommes qui s'affairaient à défaire les sangles des malles.

– Mais par le diable, c'est Jules et Félix ! Ils sont encore plus sales que toi ! Leurs femmes sont inquiètes, on vous a cherchés partout... Où étiez-vous ?

– Je t'expliquerai tout. En attendant...

– En attendant, tu vas venir te laver !

Il la stoppa dans son élan et jeta un regard de biais sur Pauline et moi. La femme nous observa alors d'un air étonné :

– Qui c'est ?

– Il faut que je te raconte. C'est grâce à lui si nous sommes en vie.

Elle ne nous quittait plus des yeux.

– Et alors ? fit-elle.

– Je dois t'expliquer certaines choses. Viens…

Il l'entraîna dans un coin, là où il était certain qu'on ne l'entendrait pas. Le fiacre bringuebalait sous les mouvements des malles que l'on déplaçait. Bientôt, elles furent déposées près de la porte de la maison et le cocher reprit sa place sur son siège. Au même moment, une meute de gamins sortit en courant et se précipita sur Étienne :

– Papa !

Cinq marmousets, garçons et filles de tous les âges, se pressaient autour de lui.

– Mes enfants !

La femme gardait les yeux posés sur nous, elle n'en revenait pas. Je décidai de sortir, Pauline me suivit. Notre hôte demanda à ses aînés d'emporter les malles et de nous conduire jusqu'au grenier. Nous ne parlâmes à personne et gagnâmes l'étage supérieur de la modeste bâtisse par un escalier branlant. Nous arrivâmes devant une porte en bois formée de rondins fixés avec des ficelles et qui s'ouvrit au coup d'épaule que lui donna le jeune garçon. Je laissai errer mon regard dans la pièce. La poussière recouvrait tout et l'air était frais pour un mois d'avril. Pas de cheminée ou de poêle, la lumière du jour était diffusée par l'unique fenêtre encastrée dans le pignon et qui offrait une vue imprenable sur le quartier du Fenêt. Je découvris des maisons serrées les unes contre les autres, à la toiture voilée par la fumée blanche qui sortait des cheminées massives. Dans les ruelles étroites à peine visibles depuis mon point de vue, j'apercevais les passants, les notables et les commerçants qui se croisaient d'un pas pressé.

– Il fait bien froid ici, dis-je à Pauline. Et on a faim. Aurais-tu de quoi nous contenter ? demandai-je au garçon.

Il ne sut que répondre, impressionné par notre présence. Je sortis de ma poche l'une des pièces d'or remises par Gustave et la lui donnai sans un regard. Il s'étonna de recevoir quelque chose de moi. Après un examen attentif du bout de métal, il comprit qu'il tenait là quelque chose de précieux. Il écarquilla les yeux et sa respiration s'accéléra. Il me dévisagea comme s'il détenait dans sa main un trésor. Il déguerpit sans demander son reste, tout excité à l'idée d'aller le montrer.

L'endroit me plaisait malgré son absence de confort. Je souris :

– Alors, Pauline ?

– Il ne fait pas très chaud.

Je tirai les malles pour les ranger sous la fenêtre. Ma petite sœur ne bougeait plus, elle restait plantée au milieu de la pièce. J'essayai de la rassurer.

– Ne t'en fais pas Pauline. Je veille sur toi.

– C'est que j'ai peur, Max. On ne connaît personne ici.

– Désormais, ma pauvre Pauline, il n'y a que toi et moi.

La soupe ne tarda pas. Deux bonnes gamelles nous furent apportées par le jeune garçon qui souriait de toutes ses dents. Lard, pain et morceaux de légumes cohabitaient dans un liquide parfumé.

– Merci, me dit-il avec reconnaissance.

Il s'éclipsa. Une heure plus tard, un homme dégingandé, grand comme un réverbère, se présenta à moi. Sa figure m'était familière mais je ne pus pour autant le nommer. Il avait le visage émacié et le regard perçant. Son front était large et aplati, sa chevelure séparée par une raie de côté. Étienne était propre au point que j'avais eu du mal à le reconnaître.

– J'ai une question, me confia-t-il sans détour.

– Je t'écoute.

– Qui a bien pu nous trahir ?

– Vous trahir ?

– Comment Charles a-t-il su que nous viendrions ce soir- là, pour voler des outils ?

– Je l'ignore. Pourquoi ne lui as-tu pas demandé ?

– Je l'ai fait, bien sûr. Il ne m'a pas répondu…

Il portait des vêtements amples et une cordelette autour de la taille. Il ressemblait à un moine. Il s'approcha de la fenêtre et scruta le paysage qu'il connaissait pourtant par cœur.

– Tu nous as sauvé la vie. Et tu nous as offert la liberté. Maintenant, tu nous demandes de mettre le feu à la manufacture…

– C'était notre marché.

– Et nous tiendrons parole.

La main appuyée à la fenêtre, il baissa la tête comme si le poids des questions lui était trop lourd à porter.

– Ce que je me suis engagé à faire, je le ferai, même si cela me coûte. Depuis que j'ai perdu mon travail, je fais des choses qui ne me plaisent pas… Aujourd'hui, je n'ai plus d'argent pour nourrir ma famille. Les autres manufactures ne nous embaucheront pas. Elles sont ruinées. Ma femme et moi, on a toujours travaillé le chapelet, nous ne savons faire que ça.

– Ton malheur va cesser, lui dis-je catégoriquement. Aide-moi et je t'aiderai. Tu pourras nourrir ta famille et acheter tout ce dont tu as besoin. Je te le jure.

– Je n'en demande pas tant, mais si tu as la solution pour que mes enfants ne meurent pas de faim, alors…

Je m'avançai vers lui et regardai par la fenêtre le clocher surmonté de sa flèche qui dominait une centaine de toits.

– Cette nuit même, d'ici, je veux voir les flammes emporter les murs de la maison Barreau. Ensuite, il faudra que tu me fasses confiance et que tu suives mes ordres comme un disciple obéit à son maître. Il faudra que tu voles pour moi, que tu mentes, que tu conspires, que tu exécutes toutes mes demandes. Tu seras impliqué dans une affaire difficile et risquée, mais qui rendra ta vie meilleure et fera de toi un homme à l'abri du besoin, pour toujours !

– Et si j'échoue ?

– Tu mourras, car l'erreur n'est pas permise dans cette action de conquête.

Il ne sut que répondre et cela m'amusa :

– Mon plan est si bien pensé que toi et tes hommes vous réussirez, j'en suis certain !

– Mais que veux-tu, au juste ?

– Changer l'avenir du comte de Marson.

Il soupira, angoissé.

– Le jeune comte voulait ma mort mais ma mort n'est pas le pire… Seulement, je ne peux manquer à ma famille.

Je posai une main compatissante sur son bras et je lui répondis :

– Mon père était un homme responsable comme toi. Cette pensée t'honore… Fais-moi confiance et agis à mes côtés… Ne t'ai-je pas promis la vie ? Ne t'ai-je pas promis la liberté ? N'ai-je donc pas tenu toutes mes promesses ?

Tout en le fixant droit dans les yeux, je poursuivis :

– Ta poignée de main sera le symbole de ton allégeance !

Il eut une seconde d'hésitation, puis il me serra la main avec vigueur et ajouta :

– Que le diable m'emporte si tu te trompes !

Ce qui me fit rire…

Il suffisait d'ouvrir une trappe située dans l'angle de la pièce pour laisser entrer la chaleur montant du feu de cheminée ; l'âtre crépitait à l'étage inférieur. La tiédeur nous fit vite abandonner nos manteaux. Pauline s'activa à défaire la malle qui contenait nos affaires et posa ses vêtements sur le sol qu'elle venait de nettoyer. Dans la journée, Étienne nous apporta une commode et un peu de mobilier. Sa femme nous confectionna des paillasses en remplissant de grands sacs de fougères. La nuit arriva. La fenêtre nous offrit la vue nocturne d'une ville qui ne voulait pas dormir. Saumur étincelait.

Des falots glissaient et serpentaient ; les lanternes des voitures à cheval couraient se faire oublier à l'angle des rues. La nuit absorbait ses silhouettes et l'heure du souper rameuta les derniers retardataires. Petit à petit, le quartier se vidait de ses passants. Pauline alla se coucher, me laissant dans une solitude contemplative. Je ne pouvais pas bouger de la fenêtre, je voulais voir le feu éblouir et éclairer le quartier, je guettais l'éclat de mon action.

Alors, au beau milieu de la nuit épaisse, les flammes glissèrent en silence dans le ciel, et des étincelles jaillirent, attisées par le vent. Le halo illumina les alentours. Bientôt les secours tentèrent d'inverser l'inexorable destin. L'enfer se déchaînait et, en cet instant, je ne me rendais pas compte que je souriais de bonheur de voir partir en fumée le bien du comte.

Je m'écartai de la fenêtre et laissai le spectacle se poursuivre, j'en connaissais la fin. Mon sommeil fut lourd, et mes rêves me rassérénèrent encore.

Au matin, alors que je dormais profondément, une main secoua mon épaule :

– Maxime ! Maxime ! Viens voir !

– Pauline ?

– Viens voir !

Elle m'entraîna près de la fenêtre et désigna ce qu'il restait de la maison Barreau.

– Tout a brûlé ! jubila-t-elle.

Des curieux entouraient les décombres et semblaient commenter l'affaire. Tout s'était effondré. Des blocs épars et noirs comme des morceaux de charbon se mêlaient aux restes de l'ancienne toiture.

Quelqu'un entra dans la pièce. Étienne demanda :

– Alors ?

– Tu es un homme de parole…

Il regarda, comme nous, par la fenêtre et marmonna :

– Tu vois, il n'y a plus rien…

– Comment le sais-tu ?

– Bien mieux que je ne pensais. Hier, j'ai appris que le patron s'était enfui avec l'argent de nos salaires.

– De l'argent, tu vas en avoir, rassure-toi.

Il m'écoutait.

– À présent, tu vas accomplir autre chose pour mon service. Tu vas te renseigner sur le passage de la malle-poste qui se rend quotidiennement au château de Marson. Dans dix jours, cette diligence transportera une missive qu'il me faudra à tout prix récupérer. D'habitude, il n'y a qu'un seul postillon. Tu n'auras donc pas trop de mal… Tu devras, à son insu, la lui dérober. Elle sera adressée au comte de Marson. C'est un document du ministère de la Marine, tu le reconnaîtras facilement car il portera une estampille. Ce sont les armoiries impériales : manteau de velours rouge et aigle aux ailes déployées. Quand tu l'auras, tu me l'apporteras.

– Bien. Et que veux-tu en faire ?

– Ne pose pas de questions. Agis seulement. Bientôt, tu seras riche…

Ses mains tenaient quelque chose que je n'avais pas remarqué tout de suite. Il nous tendit un linge plié dont il écarta les pans et exhiba deux petits pains encore chauds.

– C'est ma femme qui les a pétris et cuits.

– Nous lui en sommes reconnaissants.

Pauline eut plaisir à en humer les effluves. Elle soupesa une jolie boule avec appétit et croqua dedans à pleines dents.

– Merci, dis-je.

Il quitta le grenier, l'esprit déjà accaparé par ce qu'il avait à faire. Il fit monter ses enfants qui installèrent une grande bassine de métal blanc et y versèrent à tour de rôle de l'eau très chaude. Ils sortirent en file indienne dans un silence respectueux. Pauline fit sa toilette, je l'imitai. Puis je me hâtai de me vêtir, de me chausser et, enfin, d'enfiler mon pardessus.

– Où vas-tu ? me demanda-t-elle.

– En ville.

– En ville ? Pour quoi faire ?

– Pardi ! Tu le sais bien. Je vais chez l'apothicaire.

XVII

Mes lectures m'avaient beaucoup appris sur les sciences, la chimie et la biologie. J'avais tout en tête. Les formules et les substances qui entraient dans la composition des électuaires, les posologies, les effets pervers et les doses létales. Je savais exactement de quoi j'avais besoin pour poursuivre mon dessein.

Je faisais le point là-dessus en traversant les ruelles du quartier du Fenêt. En cette matinée où le temps était clément, bon nombre de passants s'y pressaient. Je découvrais les boutiques basses à arcatures des patenôtriers, au seuil desquelles les femmes qui fabriquaient les chapelets installaient leurs ateliers en plein vent. Elles jacassaient, médisaient ou raillaient les passants en tenaillant activement les chaînons pour y fixer leurs grains de bois. L'idée me vint alors de faire comme bon nombre de curieux : m'arrêter et engager la conversation.

– Que s'est-il passé ? demandai-je à l'une d'elles.

– Oh ! Des vandales sont venus cette nuit mettre le feu chez Barreau !

– C'est curieux, qui a bien pu faire une chose pareille ?

– Ceux que M. Barreau a renvoyés. Il y en a au moins une centaine ! Il ne les a pas payés et il est parti avec les sous !

– Je vois… Savez-vous où je peux trouver un apothicaire ?

– Il faut aller en ville, à côté de la mairie.

Je la remerciai d'un signe de tête et je poursuivis mon chemin.

À quelques centaines de pas de là, je découvris la boutique qui occupait un angle de rue. Une demi-porte de deux pieds de large s'ouvrait vers l'intérieur. Je la poussai et entrai. Pas âme qui vive. De chaque côté, un comptoir faisait face à un autre. L'un était entouré d'un châssis vitré, et de grands pots en terre bleue, consacrés à la thériaque et à l'électuaire, ornaient le devant. Au-dessus de ma tête, des poutres étaient garnies de pièces curieuses d'histoire naturelle : lézards empaillés, œufs d'autruche, serpents de différentes espèces… L'apothicaire réglait sa Roberval dans l'arrière-boutique. Il vint à moi :

– Jeune homme ?

J'avançai.

– Auriez-vous ces ingrédients ?

Il déplia le petit bout de papier et lut :

– Deux cuillerées de guède, trois cuillerées d'aconit, deux d'ellébore, cinq de réalgar, quatre d'arsenic et cinq de litharge…

Il releva des yeux intrigués sur moi :

– Ce ne sont pas les typologies de ces poisons qui me dérangent, mais leurs quantités…

Je jetai sur le comptoir une poignée de pièces d'or, et il comprit qu'il pouvait garder pour lui ses commentaires. J'ajoutai :

– Il me faut aussi de la poudre de scorpion, de crapaud, d'araignée, de lézard et de rat.

– Bien, monsieur.

Il se tourna vers l'assortiment de bocaux disposés en hauteur. Certains étaient petits, d'autres très grands. Leurs étiquettes étaient peintes sur faïence ; on pouvait y lire : *yeux d'écrevisse, écailles d'huître, coquilles d'œuf, vipères, cloportes.* Il s'activa à réunir ce que je lui avais demandé et prépara des fioles et des flacons qu'il étiqueta.

Je partis sans un merci et me pressai dans les rues, par peur de me faire remarquer. Je croyais Charles capable de me faire prendre en filature. Il fallait s'en assurer. J'empruntai donc un itinéraire différent. Ces ruelles étaient moins fréquentées ; les petits passages sombres et étroits trahiraient vite un poursuivant. Mais j'étais bien seul, et cela me rassura. Je traversai le quartier du Fenêt en un endroit où les maisons étaient entassées pêle-mêle. Cahutes sans âme et délabrées. On était bien loin des belles demeures aux jolies sculptures, aux balcons ventrus ou aux fenêtres à meneaux. Une mauvaise surprise surgit. Des miséreux poussés là, certainement par l'autorité municipale, tendaient leurs mains aux rares passants. On les avait écartés de la belle ville, pour épargner à la vue des honnêtes gens leur apparence répugnante. Ils étaient quelques-uns à se tenir couchés à même le sol, parfois adossés à un mur. Les mains se levaient au rythme des bruits de pas qui se rapprochaient. Les paumes suppliantes suivirent mon déplacement, comme des têtes de tournesol que le soleil ferait tourner. Il n'y avait pas d'hommes, seulement des femmes et quelques enfants très jeunes qui étreignaient leur mère avec force, car ici il faisait plus froid qu'ailleurs.

Je ralentis le pas, cette misère me coupait les jambes. Je voulus faire face et m'accroupis pour affronter le regard de l'une des mendiantes. Son expression désespérée me brisa le cœur. Ce qu'elle me dit me bouleversa :

– C'est toi, Maxime ?

Elle répéta :

– C'est toi, Maxime ? Tu es le fils de Gabriel ? Non ?

– Oui, madame, oui, c'est moi.

– Tu n'es pas mort ? On te croyait mort !

C'était un sourire qu'elle me donnait, mais ses joues étaient si creuses que son visage ressemblait à celui d'une morte. Je pris mon courage à deux mains et lui demandai :

– Mais qui êtes-vous, madame ?

– Tu ne me reconnais pas ? Je suis Marthe ! Marthe, la femme de René ! René le braconnier !

Des soubresauts soulevèrent ma poitrine et mes larmes jaillirent. Je faillis en faire tomber mes flacons. Mon cri se transforma en sanglots :

– Marthe !

Je pleurai tant qu'elle en fut touchée :

– Allons, allons ! Ne pleure pas à cause de moi, mon garçon…

Elle était couchée par terre. Je posai les flacons et l'étreignis en la soulevant un peu, sans trop la brusquer de peur de l'étouffer. Je tremblais de peine et de colère, en déversant sur elle tout mon chagrin. Son mari et son fils étaient morts. Il restait tout juste à cette femme la force de sourire. Je compris en cet instant que ceux qui étaient là, couchés, et qui attendaient de mourir de faim, étaient des mousseaux, des « comme moi ». Le comte de Marson les avait chassés et envoyés dans les rues de la ville pour y mourir avec discrétion. La pauvre femme, comme la dizaine d'autres mendiantes, ne tiendrait pas longtemps sans manger. Je fouillai dans ma poche et en sortis le peu de pièces qu'il me restait.

– Tiens. Du pain pour quelque temps…

Elle sourit, et ses doigts s'accrochèrent à ma main comme pour me remercier. J'osai lui demander :

– Mais où sont les hommes ?

– Certains ont été jetés en prison. Mais beaucoup se cachent. Ils ont essayé de tuer le comte, ils n'ont pas réussi. Depuis, on les pourchasse…

Je repris mes flacons et me redressai. Le feu de la vengeance se raviva en moi. Je devais partir pour poursuivre mon action.

– À bientôt, lui dis-je.

Je m'éloignai d'un pas rapide pour fuir cet endroit. Aussitôt de retour chez Étienne, je me mis à l'ouvrage, plein de rage, après ce que je venais de voir. Je ne rapportai rien de ma rencontre à Pauline, elle avait déjà trop souffert… Elle débarrassa la petite table et approcha un tabouret. Je sortis de la malle le livre qui m'avait inspiré l'étape cruciale de mon action. C'était le plus vieil ouvrage que j'avais lu. Il détaillait avec précision les mélanges savants qui me permettraient d'obtenir une substance vénéneuse. Rubrique : *Posologies et supports pratiqués en fonction des effets désirés.* Catégorie choisie : *Poisons, par absorption cutanée, exclusivement.* Il fallait éviter de toucher aux poudres. Je réalisai donc ma mixture à l'aide d'un petit morceau de bois plat et diluai mes ingrédients dans une fiole d'eau froide. J'obtins alors un liquide incolore, qui, même à la lumière du jour, avait une pureté d'eau de source. J'enfonçai le bouchon avec soin ; une seule goutte sur ma peau et la première victime de ce poison abominable en serait son préparateur.

– Comment vas-tu l'utiliser ? me demanda Pauline.

– Je t'en ferai la surprise…

L'ouvrage de sorcellerie recommandait de laisser le produit au repos pendant quelques jours. Je le rangeai donc soigneusement dans la commode ; je n'étais guère pressé d'en faire usage.

J'entendis des bruits de pas dans l'escalier, qui étaient bien trop lourds pour être ceux d'Étienne. Pauline recouvrit prestement les produits d'un linge ; une main déterminée frappa à la porte.

– Oui ? m'écriai-je.

Charles entra. Après un rapide coup d'œil autour de la pièce, il me dévisagea :

– Tu es bien installé ?

– Oui, ça va.

Il portait des bottes et des gants de cavalier. Ayant retiré ces derniers, il avança vers moi et regarda par la fenêtre :

– As-tu vu l'incendie cette nuit ?

– Non, répondis-je. On dormait. Mais tout le monde en parle ce matin.

– Le comte est furieux !

– Furieux ? Pourquoi donc ?

– Il espérait grandement récupérer un peu d'argent de la revente des stocks et de l'immeuble. La maison Barreau lui devait encore un million.

– Tout cela est bien regrettable.

Il soupira :

– Il m'a demandé de trouver le coupable ! Alors je n'irai pas par quatre chemins : j'ai besoin de ton aide.

– Je t'avais dit que tu pouvais venir me voir, tu es le bienvenu.

Il contempla de nouveau les restes de l'immeuble :

– Qui a pu mettre le feu ? Ta petite sœur le sait ? On suspecte d'anciens ouvriers, qu'en penses-tu ?

– C'est une mauvaise piste, j'en suis certain.

– Alors ?

– Cherche plutôt du côté des associés du comte. L'un d'eux n'a plus guère envie que le noble réussisse. J'en ignore les raisons.

– Qui est-ce ?

– Pauline n'est pas sûre, elle pense à… à un serviteur de Dieu.

– L'archevêque de l'Oratoire ? C'est le plus puissant et le plus riche des associés du noble. Il sera furieux…

Il alla à grands pas vers la sortie et lança sans se retourner :

– Je ne t'ennuie pas plus longtemps.

Il enfila ses gants et tira la porte.

– Et le bois ? lui demandai-je soudain.

– Celui de Nantes ? Il est arrivé. Le comte espère que le ministère achètera très vite la totalité des arbres abattus. Il a besoin de cet argent pour poursuivre son projet.

Il ferma la porte derrière lui ; Pauline et moi échangeâmes un sourire complice.

– Voilà qui est bien trouvé, lui dis-je d'un air satisfait. Maintenant, le comte va se quereller avec le seul des associés qui avait de quoi lui prêter un million…

J'étais content de ma ruse. Je rangeai les flacons dans un coin de la pièce et décidai de me remettre à mon travail. Je devais faire le point sur les objectifs atteints et me concentrer sur ce qu'il restait à faire. Pauline sortit ma plume, mon encrier et mon papier vélin. Je décidai alors de lui montrer à quoi ressemblait l'alphabet, d'en prononcer avec elle les sons, d'associer les lettres pour lui faire entendre leurs multiples sonorités. Elle retenait sans difficulté grâce à sa mémoire fulgurante. Nous restâmes ainsi à parler, à parcourir des livres illustrés, à apprendre. Pauline en était heureuse.

Les journées s'écoulèrent dans le secret de notre grenier. Les enfants d'Étienne s'occupaient de nos repas et de ce dont nous avions besoin pour notre toilette. Ils ne nous posaient jamais de questions. Parfois, leur père nous apportait le journal, trouvé dans une taverne ou oublié sur un banc. Ce n'était pas souvent celui du jour mais nous apprîmes ainsi que des groupes d'insurgés royalistes défiaient l'autorité de l'Empereur. Les partisans du monarque, au nom de l'armée royaliste d'Anjou, menaient l'insurrection dans l'ensemble du département. Napoléon déclara la région en état de siège et, en cette fin de mois d'avril, six cents hommes du 14e régiment de ligne prirent position dans le Saumurois. Plus que jamais, le comte de Marson avait fait le choix judicieux de se proclamer bonapartiste, car, malgré les mouvements belliqueux qui éclataient sur tout le secteur, l'Empereur gardait le pouvoir absolu dans le pays. Je souriais, en me remémorant une phrase. Elle avait été jetée par le jeune noble au visage de son père mourant : « Je redonnerai au domaine un éclat royal et j'obligerai les profiteurs à quitter mes terres ! » Le comte de Marson était décidément un opportuniste sans scrupule, capable de se donner à celui qui aurait le plus à lui offrir, fût-il roi ou empereur de France…

Quelques jours plus tard, Charles revint. Sans même un bonjour, il me dit :

– Tu avais raison.

– À propos ?

– De l'archevêque de l'Oratoire. C'était bien lui. Il a fait mettre le feu à la maison Barreau. Il a fait ça pour se venger du comte de Marson qui ne partageait pas ses idées royalistes.

– L'as-tu arrêté ?

– Non. Personne ne sait où il se trouve. La garde nationale le recherche mais on prétend qu'il aurait rejoint le quartier général des chouans, en Vendée. As-tu des choses à me révéler ?

– Non. Pauline n'en sait pas plus.

– Dommage.

Avant de partir, il envoya rouler deux pièces de vingt francs sur ma petite table. Je le remerciai exagérément, puis :

– Pauline m'a raconté autre chose !

– Quoi ?

Il attendait.

– Elle m'a parlé d'une personne importante qui allait venir rencontrer le comte.

– Qui ?

– Je l'ignore, un homme de Paris.

– Certainement le conseiller du ministère... Et alors ?

– Le comte peut lui faire confiance. Cet homme est honnête, il tiendra parole.

– Bien.

– Mais le matin de sa venue, des gens pleins de mauvaises intentions se rendront au château.

– Qui ? Des mousseaux ? Sais-tu où ils se cachent ?

– Ce ne sont pas des mousseaux, mais un petit groupe de révolutionnaires. Ils veulent tuer le châtelain.

– L'armée royaliste ! L'archevêque est derrière tout ça, j'en suis sûr ! Il veut faire assassiner le comte ! J'irai les attendre en embuscade sur la route qui mène au château. Dès l'aube, je m'y tiendrai avec mes hommes.

Il m'exprima en un coup d'œil sa reconnaissance, puis me gratifia d'une accolade. Son pas résonna dans l'escalier.

Je ricanai doucement en regardant Pauline qui s'amusait autant que moi. Dans l'heure qui suivit, Étienne apparut.

– Je me suis renseigné, dit-il en m'offrant une gamelle de châtaignes. L'itinéraire de la malle-poste est toujours le même et l'horaire ne varie pas. Je sais comment nous parviendrons à nous emparer de la missive qui t'intéresse.

– Très bien. Je vais avoir besoin de nouveaux vêtements. Tu as quelques jours pour me trouver ce qu'il faut : de belles étoffes à ma taille, ainsi qu'une tenue de ville pour toi, digne d'un bourgeois ou d'un riche homme d'affaires. Ce sera pour une sortie spéciale à laquelle tes deux complices Jules et Félix participeront. Ils porteront des uniformes de la garde nationale. Il faudra aussi que tu me trouves un carrosse tiré par quatre chevaux, un bel équipage, de quoi impressionner.

Il me regarda d'un air effaré et balbutia :

– Mais où veux-tu que je trouve ce que tu me demandes ?

– Les gardes nationaux sont de plus en plus nombreux en ville. Les jours de permission, ils doivent sûrement s'encanailler dans des maisons de plaisir. Tu ne devrais pas avoir trop de mal à les débarrasser de leurs effets… Quant à mes habits, cherche parmi les tiens ceux qui seraient gens de maison chez des notables fortunés.

Si Étienne manquait d'instruction, il était loin d'être bête. Il se servit de ses relations pour obtenir ce qu'il me fallait. La sœur de son épouse travaillait comme domestique chez le notaire de Vernantes. Elle y trouva une vieille redingote au col décousu et une chemise à manchettes avec de la dentelle, souillée de taches. La femme d'Étienne s'y connaissait en couture. Elle défit entièrement la redingote qui taillait trop large pour son mari et retira deux bandes de tissu. Elle en réduisit ainsi la largeur, accentua le cintré et diminua la longueur des basques. Les manches élimées de la vieille redingote étaient bien trop longues : Sophie en augmenta l'ourlet. Les taches de la chemise à jabot passèrent au vinaigre blanc et le tissu fut lavé à la cendre puis lissé au fer à charbon. Ils glanèrent une cravate dans le style artiste et un pantalon à la Souvorov. Les bottes furent plus difficiles à trouver. On se contenta d'une paire sauvée du rebut mais à laquelle il manquait un talon. Une pièce de bois teintée au brou de noix créa l'illusion, il suffirait de ne pas lui demander de franchir mille lieues. Celui qui l'ignorait ne remarquait pas que la pointure était trop grande. Paré de ces artifices, Étienne ressemblerait bientôt à un aristocrate. Ni la tenue ni les bonnes manières ne lui feraient défaut ; j'avais assimilé les bons conseils d'un *Traité du savoir-vivre* qui en donnait quelques rudiments et comptais bien les lui enseigner.

Le jour vint où il se présenta devant moi, essoufflé, une lettre à la main :

– J'ai réussi !

Je la lui arrachai presque et l'examinai attentivement.

Les armoiries impériales figuraient en bonne place sur l'enveloppe. Un manteau de velours rouge doublé d'hermine s'ouvrait sur une aigle aux ailes levées. La couronne surmontait l'ensemble.

J'ouvris.

Le papier présentait en son en-tête les mêmes signes héraldiques. En marge, apparaissaient les services, titres, nom et fonctions de l'expéditeur : *ministère de la Marine impériale, Monsieur le comte de Latour Nevoy, commissionnaire aux affaires maritimes, chargé des approvisionnements militaires, auditeur au Conseil d'État, censeur de la Banque de France et membre des chambres de commerce.* Le reste figurait en lettres cursives, rédigées de sa main. Je n'y prêtai aucune attention. Seules les armoiries, la qualité et la forme du papier m'intéressaient. Je relevai les yeux sur Étienne qui attendait mes commentaires :

– Tu connais un imprimeur ?

– Oui.

– Serait-il en mesure de me faire un document semblable ?

– Je ne sais pas. Il ne travaille plus depuis que la maison Barreau a fermé. C'était son principal client.

– Il a donc besoin d'argent… Tu le connais bien ?

– Pas plus que ça.

– Trouve-le et demande-lui. Il faut qu'il me fasse un papier à en-tête qui ressemble en tous points à celui que tu vois. Il ne devra comporter que les blasons et les titres, rien d'autre. J'en voudrais plusieurs exemplaires…

Il prit les devants :

– C'est une missive impériale ! N'importe quel autre document, il aurait accepté, mais là il risque la mort ! Tu comprends, Napoléon est en guerre contre l'armée royaliste et faire un faux en…

– J'entends !

Je lui présentai les deux pièces d'argent offertes par Charles :

– Donne-lui ces quarante francs et dis-lui qu'il en aura dix mille de plus dans quelques jours. Dis-lui que si je ne tiens pas ma parole, il pourra aller me dénoncer à la sous-préfecture.

Il se tut parce qu'il manquait d'arguments. Mais à le voir me dévisager ainsi, je compris qu'il ne croyait pas aux miens.

– Essaye ! lui dis-je avec force. C'est important !

Il prit les deux pièces à contrecœur et sortit du grenier.

– Il doit réussir, murmurai-je. Il le faut !

Deux jours plus tard, il revenait avec ce que je lui avais demandé.

XVIII

Au toucher et à la vue, les copies produites par l'imprimeur présentaient toutes les caractéristiques de l'original. Le papier était d'un blanc immaculé et parfaitement lisse, je n'avais plus qu'à y faire glisser ma plume. Étienne attendait une réaction qui ne tarda pas :

– C'est du beau travail ! Que t'a-t-il dit ?

– Rien.

Assis à ma petite table, j'observai le détail des armoiries :

– Il aura ses dix mille francs… Sois-en sûr. En attendant, tu vas devoir t'arranger pour que le comte reçoive par la malle-poste cette fausse missive que je vais rédiger tout de suite. Il faut que tout ait l'air normal, il ne doit pas avoir de raison de se méfier.

Pauline ouvrit mon encrier et me tendit la plume. J'endossai alors toute l'importance de celui à qui j'allais voler la fonction. Il fallait qu'elle apparaisse tout autant dans le style que dans la calligraphie. Je commençai par : *Monsieur le comte de Marson.* Puis : *Les échantillons de vos différentes espèces de bois destinées à nos constructions navales nous sont parvenus en rade de Nantes. Je me propose de me présenter sur vos terres afin de vous rencontrer et de procéder à un relevé plus détaillé de ce qui nous serait utile.*

Je lui précisai une heure et une date sous huitaine. J'étais persuadé qu'il se ferait une joie d'accueillir sur son domaine un représentant du ministère. Je terminai par la formule consacrée : *Vive l'empereur Napoléon !* et signai en toutes lettres : *Pierre-Augustin de Latour Nevoy.* Je couvris le document de son enveloppe estampillée et remis le tout à Étienne qui affirma :

– Elle sera demain matin dans la malle-poste.

– Très bien.

Il me tourna le dos et alla vers la porte.

– Étienne !

– Oui ?

– Sous huit jours il te faudra les uniformes et tout ce que je t'ai demandé.

– Mon cousin me confiera le carrosse du duc d'Allonnes. Il prétextera que l'essieu est cassé et qu'il doit laisser la voiture une journée chez le charron. Tu en disposeras donc. Mais ce qui me cause un problème, ce sont les armes qui figurent sur les portières. Il faudra les faire disparaître…

– Et les remplacer par celles du ministère de la Marine.

J'étais en pleine réflexion quand il me demanda :

– Que comptes-tu faire au juste ? Ne me dis pas que tu vas te faire passer pour quelqu'un d'autre !

– Moi non, mais toi, oui !

– Seigneur ! Que comptes-tu faire de moi ? Le comte ne croira jamais à une telle supercherie !

– C'est ce que tu prétends… « Il n'est rien de plus profitable qu'un mensonge habile[1] », a déclaré un poète…

Si je souriais, Étienne, lui, ne souriait pas.

– Tu es fou ! Il nous a déjà vus et il nous reconnaîtra !

– Non. Il connaît le jeune mousseau miséreux et le voleur d'outils au visage sale, mais il ne sait pas ce que nous sommes devenus.

– Si tu échoues, nous risquons tous la mort.

– Nous réussirons, tu peux me faire confiance.

– Et puis il y a Charles et son beau-frère, eux aussi, ils nous reconnaîtront !

– Non. Ils ne seront pas présents… Maintenant, écoute bien : je vais te préciser ce que tu devras faire pour convaincre. Tu as un rôle essentiel. Tu seras bientôt le comte de Latour Nevoy, conseiller du ministère de la Marine, qui vient à Verrie pour acheter le bois du comte de Marson. Je vais t'apprendre les mots et les manières, les attitudes, tout ce qui

1. *D'après Tirso de Molina (N.D.A.).*

constitue cette superbe qui nous différencie tant de ces gens-là. Si tu suis mes conseils, tu réussiras…

La chaleur des beaux jours arriva enfin et la Loire, qui avait retrouvé un lit normal, voyait passer sur elle toutes sortes d'embarcations. Pauline appréciait la douceur du soleil et contemplait la gracieuse beauté des passantes qui exhibaient leurs fraîches toilettes. Le sourire aux lèvres, ma sœur marchait d'un pas tranquille à mes côtés.

– Comme ce temps est bon, observa-t-elle avec nostalgie. Si seulement père et mère étaient avec nous.

– Notre mère reviendra bientôt, lui dis-je avec certitude, tu le sais bien, ma Pauline. Sois patiente…

Nous marchions le long du quai situé à proximité de la place Saint-Michel et qui nous offrait une vue imprenable sur le château. Ces premières journées printanières encourageaient les promeneurs à quitter leur logis. Le monde des citadins se mêlait aux couleurs des lavandières et des mariniers. Je m'emplissais les poumons de cet air doux et j'admirais la beauté du fleuve. Sous peu, je participerais à une aventure qui risquait de me coûter la vie. Ce moment de paix était un intermède délicieux…

Pauline me prit le bras et, comme toutes ces dames en ombrelle, elle marchait d'un pas élégant, l'air rêveur. Nous laissâmes glisser nos regards sur la Loire endormie, où les îles et les grèves éparses formaient un véritable tableau aux lignes harmonieusement groupées et aux détails pittoresques. Je crus rêver en voyant arriver devant nous une boule de poils à la langue pendante. La chienne se faufila entre les passants et se précipita vers moi.

– Elfa ? C'est toi, Elfa ?

Pauline en cria presque :

– Elfa !

La chienne bondit et jappa joyeusement. Pauline était aux anges. Ces retrouvailles avaient quelque chose d'inespéré. La chienne courait en tous sens et nous faisait la fête. Les passants nous regardaient sévèrement, trouvant pitoyable de se donner ainsi en spectacle.

– Que tu es belle, ma chienne ! s'écria Pauline.

– Elle n'a pas maigri et elle a l'air en bonne santé. Une main charitable a dû la nourrir.

– Mais comment a-t-elle fait pour venir jusqu'ici ?

– Je l'ignore…

Je caressais Elfa, un genou à terre. Je regardais machinalement les passants qui nous frôlaient. Une grosse lavandière qui poussait une charrette de linge céda la place, en s'écartant, à une silhouette d'homme. C'était lui. Le comte de Marson déambulait, une jeune femme à son bras. Il écoutait, semble-t-il, l'incessant débit de mots de sa compagne. Trop tard pour s'échapper : si les yeux du noble avaient le malheur de croiser les miens, il me reconnaîtrait à coup sûr. Je voulus tourner la tête mais ses prunelles maléfiques me happèrent. Son regard se posa sur moi, sans expression, puis il se brouilla avec l'indifférence qui caractérise ces gens amoureux d'eux-mêmes. Il répondit à la question qu'on lui posait :

– Pour moi, je me réserve, baronne, au plaisir de voir la Taglionneti dans *La Mort d'Adam*. Il paraît qu'elle y exerce un irrésistible pouvoir d'attraction et que, les soirs où elle se montre, il y a foule…

Il disparut alors parmi les mariniers.

– Qu'est-ce qui t'arrive ? me demanda Pauline qui n'avait rien vu.

– Le comte… il était là…

Elle le chercha du regard mais la foule qui ne cessait d'augmenter l'avait absorbé.

– Mon Dieu ! Il t'a vu ?

– Je… Je ne sais pas. Je crois que oui.

– Et il t'a reconnu ?

– Non… C'était comme si j'avais été invisible.

– C'est bien mieux ainsi.

Elle m'attrapa le bras et nous nous éloignâmes. Nous abandonnâmes le quai aux riches promeneurs et remontâmes les ruelles du Fenêt pour retourner dans notre cachette. Le grenier était devenu un lieu rassurant. Elfa frétilla de la queue en découvrant la pièce et trouva vite un bout de tissu où se pelotonner.

Pauline et moi étions encore sous le choc :

– S'il ne t'a pas reconnu, dit-elle, tout va bien, non ?

– Oui. Quand nous irons après-demain au château, cela pourrait jouer en notre faveur…

À l'aube du grand jour, Étienne apparut en belle tenue. Il avait revêtu son costume et affectait les manières empesées des nobles gens. La redingote avait subi de nouvelles modifications. De la broderie en faux fil d'or agrémentait le col et descendait jusqu'en bas du cou. Un habile travail de couturière. La chevelure n'était plus la même : coiffure et couleur avaient radicalement changé. Quelques boucles à la Caracalla, teintées avec du liège brûlé et des écorces de noyer, lui donnaient une noirceur de corbeau. L'expression du visage en était modifiée, le coup d'œil du représentant ministériel paraissait plus autoritaire. Étienne évolua dans la pièce pour nous montrer plus précisément à quoi il ressemblait. Il se donnait une contenance en appuyant sa main sur le pommeau d'une canne, tandis que de l'autre il triturait une montre à gousset à aigle impériale.

– Où as-tu trouvé cette tenue ? lui demandai-je.

– Empruntée dans la collection du notaire de Vernantes. Si on la restitue à temps, il ne remarquera même pas qu'elle a disparu.

– Parfait !

– Quand partons-nous ?

– Le carrosse est prêt ?

– Il nous attend près du quai. Là où il est, personne ne nous verra.

– Bien. Alors je dois, moi aussi, me préparer.

La femme d'Étienne me lava les cheveux et me coiffa à la mode militaire. Elle m'avait confectionné un ensemble de coutil rayé et culotte de peau. Elle avait récupéré les tissus de ceux qui voulaient en faire des chiffons. Mais la culotte présentait une tache au derrière, que la brave femme n'avait pas réussi à faire disparaître.

– C'est sans importance, dis-je. De toute façon, il n'est pas prévu que je sorte de la voiture.

Elle me couvrit le crâne d'un petit chapeau à liséré bleu et ajusta sur mon nez une paire de lunettes. Elle nous aspergea d'un parfum à l'odeur incommodante, puis inspecta une dernière fois les costumes. Elle examina d'un air grave les coiffures, testa les accessoires et, satisfaite d'elle-même, elle déclara à son homme :

– Tu es tout à fait digne de porter de beaux vêtements, mon époux. J'ai une surprise pour toi.

Elle sortit du grenier et revint avec quelque chose d'encombrant.

– Serait-ce un chapeau ? lui demanda-t-il.

– Mais pas n'importe lequel !

Un joli bicorne de velours noir, marqué d'une belle cocarde bleu, blanc, rouge. Il était comme neuf.

– Où l'as-tu trouvé ? s'étonna Étienne.

– C'est un miracle ! Le fiacre du sous-préfet attendait, fenêtre ouverte. Et à part le cocher, il n'y avait personne…

Il taillait un peu grand pour le bonhomme mais, sur sa tête, il lui conférait une certaine solennité. Il étreignit sa femme qui éclata en sanglots.

– Reviens vivant, je t'en prie !

– Je vais revenir, ma femme, embrasse nos petits.

Elle tourna ses yeux vers moi et, malgré les larmes, j'y vis une grande rudesse :

– Si mon homme meurt, ne reviens jamais !

Elle ne plaisantait pas et, comme je n'avais rien à lui répondre, je me tournai vers Pauline que j'embrassai.

– À tout à l'heure, Pauline.

– Fais attention à toi, Max, car parfois, tu le sais, je me trompe dans ce que je crois qu'il va arriver.

– Ne t'inquiète pas.

Je réunis les feuilles à en-tête du ministère et les rangeai dans un dossier que je pris sous mon bras.

Dehors, l'aube était douce et les ruelles vides. En contrebas d'un quai déjà grouillant de mariniers, la Loire traînait paresseusement ses ondes moirées. Le carrosse et ses quatre chevaux attendaient à l'abri d'une gabarre en cale de construction. Le soleil montait peu à peu à l'horizon. À notre arrivée, Jules et Félix, les deux complices d'Étienne, apparurent vêtus en gardes nationaux, arme à l'épaule.

– Étienne !

Quelques accolades et leur chef les examina à la lueur des lanternes.

– On croirait de vrais soldats. Avez-vous les bandes ?

– Tout ce qu'il faut. Viens dans le carrosse…

L'attelage n'avait pas le prestige d'une voiture royale. Et c'était mieux ainsi. Trop de paraître aurait pu nuire à la crédibilité même du personnage. Un représentant du ministère ne pouvait sillonner les routes de France en grand équipage. Deux caisses sculptées ornées de scènes mythologiques et un habitacle garni d'étoffes brodées lui assuraient une élégance suffisante. Étienne avait fait couvrir les armoiries des portières par d'autres, plus « impériales », qu'il saurait comment retirer en temps voulu.

Nous nous installâmes sur les banquettes de vieux velours cramoisi et l'un des deux faux gardes s'adressa à Étienne :

– Enlève ta botte et allonge la jambe.

Il posa son pied nu sur la banquette d'en face et son complice le lui banda.

– Voilà. Ainsi, on croirait que tu as la goutte !

– C'est exactement ce qu'il faut !

Un gros coussin sous le pied et le tour était joué.

– Chacun à son poste ! lança le faux fonctionnaire.

L'un avait les rênes en mains, l'autre se tenait debout à l'arrière du véhicule. Le cocher cria :

– Allez, les chevaux !

Les sabots claquèrent sur les pavés du vieux quai ; nous laissâmes Saumur derrière nous.

XIX

LE FOUET SIFFLA et la voiture accéléra. Je regardais les paysages aux contours encore incertains. Dans une heure, ils seraient baignés de lumière. À mes côtés, Étienne ne disait mot et sa respiration était aussi bruyante qu'un soufflet de forge. Je m'inquiétai :

– Ça va ?

– Oui, ne t'en fais pas.

– Ne doute pas de toi, tu es le comte de Latour Nevoy. Tu es quelqu'un de puissant.

– Oui, je le suis.

Nous avions évoqué ensemble, des heures durant, les situations auxquelles il pourrait être confronté. Il nous avait fallu beaucoup travailler pour imaginer ce qu'il aurait à dire. L'homme était paré pour faire face à toutes les éventualités.

De longues minutes plus tard, la voix du cocher retentit :

– On y sera sous peu !

Les terres du comte étaient toutes proches, j'en humais déjà les essences d'arbres, du moins ce qu'il en restait… Je m'enquis auprès d'Étienne :

– Tes hommes sont prêts ?

– Ils savent ce qu'ils ont à faire.

– Tant mieux, car une simple erreur et…

– Il n'arrivera rien.

Soudain, la voiture zigzagua. Les chevaux hennirent de peur et la cabine du carrosse se mit à gîter comme un bateau prit par la houle. Brusquement, Étienne bascula en avant tandis que je roulais sur les coussins. On venait d'arrêter la voiture. Des cris retentirent et des hommes armés jaillirent de toutes parts. Une poignée de brigands, fusils pointés, nous encercla.

– Qui va là ? cria un homme.

– Baissez vos armes ! hurla un autre.

Je fixai Étienne, inquiet :

– Des bandits ?

Une situation que Pauline n'avait pas prévue.

– Qui êtes-vous et que transportez-vous là ?

Une silhouette se rapprocha de la vitre, une lanterne à la main. Étienne ouvrit la portière, sa voix tonna :

– Qui ose ?

C'était Gustave. J'aurais dû y penser. Je recouvris mon visage de mes mains, pour simuler un chagrin et cacher mon identité. Les portières marquées des armoiries impériales le rendirent conciliant :

– À qui ai-je l'honneur ? demanda-t-il.

– Au comte de Latour Nevoy. Pouvez-vous m'expliquer ce qui se passe ici ?

– Vous êtes sur les terres du comte de Marson et…

– Justement, c'est avec lui que j'ai audience !

– C'est que, monsieur le comte… Nous avons été prévenus d'une attaque des royalistes et nous surveillons toutes les routes qui mènent au château !

– Je vois. Vous n'êtes pas au courant de ma venue ?

– Si, monsieur le comte, mais… on ne vous attendait que cet après-midi…

– Un imprévu. Je dois partir d'urgence pour La Flèche afin de conduire mon neveu à l'école militaire.

Je sanglotais toujours, me couvrant le visage des mains. Étienne comprit ma feinte :

– Et toi, arrête de pleurer ! Tu iras, tu m'entends ? Tu iras !

Se tournant vers Gustave :

– Je dois faire vite, je ne veux pas rouler de nuit. Les voies sont incertaines, comme vous le savez…

– Je vais expressément vous faire ouvrir la route.

– Je vous en saurais gré !

Gustave s'écarta et vociféra :

– Laissez passer la voiture du ministère ! Repassez par ici, vous ne serez plus inquiétés.

Étienne ne lui concéda ni un merci ni un au revoir. Les chevaux avancèrent au pas. Je remis mon chapeau sur ma tête et soufflai :

– Voilà qui aurait pu mal tourner…

– Nous arrivons.

Les chevaux trottèrent dans l'allée qui menait à la noble demeure. Les roues craquèrent sur les gravillons et nous aperçûmes, à quelques pieds de là, un fanal se balançant sur la façade de l'entrée. Une tête hirsute émergea d'une des fenêtres. L'homme sortit en hâte, quinquet à la main, et notre voiture s'arrêta à quelques pas de lui. L'un des faux gardes descendit ouvrir la portière. Étienne pencha la tête et interrogea l'homme qui s'approchait :

– Ton maître est là ?

– Oui, monsieur, mais c'est que…

– Fais-lui savoir que je suis ici, expressément !

– Bien monsieur, qui dois-je…

– Comte de Latour Nevoy, aux affaires maritimes. Qu'il vienne, je suis pressé.

– Bien, monsieur le comte.

Il s'inclina et s'éloigna rapidement. Quand il revint, le comte de Marson l'accompagnait et achevait de boutonner le col de sa redingote. Le visage grave et la coiffure approximative, il approcha de la voiture. Étienne devança son propos :

– L'accueil de vos gardes n'est pas des plus soigné !

– Vous m'en voyez désolé, cher monsieur, mais les royalistes ont comploté de m'attaquer ce matin même. Comprenez que cette idée puisse rendre mes hommes un peu nerveux.

– Ils le sont…

– Mais ne deviez-vous pas venir cet après-midi ?

– Changement de dernière minute. Le ministère m'a fait rappeler dans l'urgence. Je dois retourner à Paris et, comble de malchance, il me faut faire un détour par le prytanée de La Flèche pour y conduire mon neveu.

Le comte me jeta un regard de principe, puis ses yeux se posèrent de nouveau sur l'homme important :

– C'est que j'avais prévu une visite de mes terres et une estimation des essences d'arbres que je comptais vous...

– Vendre... mais je n'en ai pas le temps.

– Voulez-vous me suivre ?

– Pas question. Cette maudite goutte me fait souffrir depuis trois jours.

Un coup d'œil sur le pied bandé et le comte n'insista pas.

– Comme vous voudrez.

– Si vous le voulez bien, nous réglerons nos affaires ici même et tout de suite.

– Tout de suite ?

– Oui. Je n'ai pas le choix. Le ministère de la Marine aura besoin de bois dans quelques mois, vous l'avez compris. Les quantités que vous nous proposez sont intéressantes, nous les achetons. C'est simple. Je devais rendre visite à d'autres marchands mais les circonstances sont telles que le temps joue en votre faveur...

– Bien.

– J'ai fait préparer les engagements. Il vous faudra les signer.

Étienne agita la main pour que je lui remette le dossier. Il l'ouvrit d'un air grognon, éparpilla les documents comme avec agacement, puis sortit l'acte de commande.

– Nous vous en offrons trois millions, dit-il. Le bois devra nous parvenir dans les temps, scié, sec et prêt à servir.

Le comte était encore sous le choc de cette proposition qui devait largement dépasser ses espérances. Mais la dernière exigence le ramena vite à la raison :

– Le bois n'est ni sec ni scié.

– Comment ?

– Nous avons fait du bûcheronnage, mais pour ce qui est de le scier…

L'homme n'en croyait pas ses oreilles :

– Votre bois n'est donc pas prêt ?

– Si, mais…

– Il n'est pas prêt !

La voix d'Étienne était montée d'un cran et, sentant la situation s'envenimer, le comte tenta de calmer le jeu :

– Il est possible de le conditionner comme vous le souhaitez. Mais cela modifiera les délais, comprenez-moi.

Le visage du fonctionnaire devint rouge de colère. Ses doigts se crispèrent sur sa canne et l'embout martela durement le plancher. Il cria :

– Hors de question ! C'est une demande personnelle de l'Empereur ! Ne comprenez-vous donc pas ce qui se joue au-delà de ces approvisionnements ? Le sort de la France ! Incapable que vous êtes ! Je préfère renoncer !

Il fit des documents éparpillés un paquet grossier qu'il rangea sans soin dans le dossier à sangle. Le comte sentait s'envoler ses trois millions de francs :

– Attendez ! Attendez ! Il y a certainement une solution à laquelle je n'ai pas encore pensé. Je vais m'en occuper personnellement et vous aurez votre bois sec, en temps et en heure. Je vous le promets.

– Tant mieux ! Y a-t-il un autre « mais » ?

– Non.

– Alors signez, que je puisse partir !

Étienne retrouva l'acte de commande. Le valet du comte approcha son quinquet et le noble découvrit ce qui était écrit. Pendant qu'il lisait, Étienne précisa :

– Vous devrez vous acquitter de la taxe du conseil d'attribution des marchés, selon l'ordonnance du 4 avril 1815.

– Comment ?

– La loi, monsieur.

– Une taxe ? Quelle taxe ?

– Vous n'êtes pas sans savoir que les caisses de l'État sont vides. Ce diable de Louis XVIII a pris soin de les vider. Depuis son retour au pouvoir, l'Empereur a besoin d'argent frais. Acquittez-vous de cette taxe et vous vous assurerez ainsi du devoir de règlement de mon ministère.

– Combien, cette… taxe ?

– Un million.

– Comment ?

– Un million, à nous régler sous deux jours.

– Vous plaisantez ?

– Si cette taxe ne vous convient pas, monsieur, il vous suffit de ne pas signer.

La voix du comte se raffermit :

– On dirait une affreuse manigance !

– Tenteriez-vous de me faire passer pour un brigand qui veut vous soutirer un pot-de-vin ?

– C'est que…

– La somme devra être remise au service des règlements de la sous-préfecture de Saumur. Je ne risque donc pas de vous la voler. D'ailleurs, dans quelques minutes, je serai loin et nous ne nous reverrons certainement jamais…

– Et mon dû ?

– Vos trois millions ? La moitié de cette somme vous sera versée dans deux mois. Et la seconde, deux mois plus tard.

– Je vois. Votre ministère cherche à faire de la trésorerie sur mon dos. Dites-moi comment je vais faire pour payer mes ouvriers durant ces jours…

– C'est là votre affaire… Mais j'ai ouï dire que vous aviez de riches actionnaires qui vous soutenaient ardemment.

– Le plus riche était l'archevêque de l'Oratoire. Il a rejoint l'armée royaliste d'Anjou. Les autres ne disposent pas d'une telle fortune.

– J'en suis navré.

– Laissez-moi à mon tour vous faire une proposition. Ne suffirait-il pas tout simplement de diminuer la somme de votre commande afin de passer de trois à deux millions ? Vous m'éviteriez ainsi une avance risquée…

– Et vos bénéfices ?

– Ils seront nuls. Mais là, au moins, je ferai face à mes créanciers, du présent et de l'avenir.

– Désolé, mon cher comte, mais c'est impossible. Pour ce qui est des risques, ces papiers vous garantissent un acte formel d'achat, une promesse de règlement. Si dans deux jours votre taxe d'attribution des marchés n'a pas été réglée en sous-préfecture, notre accord deviendra caduc et notre commande passera entre les mains d'un autre marchand. Mais vous aurez entre-temps passablement déçu mon ministère.

– Je vois. Vous ne me laissez pas le choix.

– Je vous laisse le choix d'aider l'Empereur.

– Sa cause m'est acquise.

– Alors, prouvez-le !

Il examina le document qui lui était présenté. On y mentionnait les montants, les dates de règlements : des promesses écrites tout à fait rassurantes.

– Alors, décidez-vous ! insista Étienne.

– Je vais signer ce document mais je ne suis pas sûr que mes actionnaires me suivront.

– Ils vous suivront.

– Une fois que je les aurai remboursés, payés de leurs dividendes et une fois que j'aurai honoré le paiement de mes ouvriers, il ne me restera rien.

– Allons. Je sais que vous avez l'intention de planter des vignes. La déforestation ne vous aura rien rapporté, c'est vrai, mais elle ne vous aura rien coûté non plus. C'est le vin qui vous enrichira…

– Il est vrai.

– Ne perdez pas cette occasion de connaître les privilèges de ceux qui soutiennent l'Empereur…

Le comte écoutait l'air séduit. Étienne minauda :

– Faites connaître au pouvoir central ceux qui sont vos associés. Eux aussi deviendront des favoris de la cour impériale. C'est un argument qui pourrait les convaincre… Mentionnez également les noms des traîtres, ceux qui ont juré allégeance à Louis XVIII ou qui ont simplement tenté de nuire à votre projet de soutenir l'Empire. Vous me parliez de l'archevêque de l'Oratoire… Une note de votre main pourrait bien servir de preuve contre lui, le jour de son procès. Si vous soutenez le pays dans ses efforts de guerre en lui fournissant du bois pour ses bateaux et que vous aidez l'État à se débarrasser de ses traîtres, croyez-moi, vous vous attirerez les sympathies de l'Empereur. Confiez vos témoignages détaillés à la sous-préfecture, en même temps que votre règlement…

Le comte était accaparé par ses pensées au point qu'il ne disait plus rien.

– Je pourrais emprunter à la Banque de France, lâcha-t-il soudain.

– Allons, sourit Étienne, j'y suis censeur. Je puis vous assurer que, depuis la crise des piastres espagnoles provoquée par la Société des négociants réunis, j'ai fait le choix de déconseiller tout montage financier à mes amis du ministère. Je ne devrais pas vous le confier, mais la Banque de France ne présente pas toujours toutes les garanties…

Le comte s'abandonna à ses réflexions.

– Je vais devoir vous quitter, s'excusa Étienne. Vous signerez les documents quand bon vous semblera. Après tout, c'est votre règlement qui attestera officiellement de votre adhésion.

Il posa la main sur la portière, avec l'intention de la refermer. Le comte déclara :

– Je vais réfléchir.

– Après-demain, à 5 heures précises, votre règlement devra être déposé en sous-préfecture, sinon…

C'est le garde national qui fit claquer la portière. Étienne se renfonça dans la banquette, grognant de douleur contre cette maudite goutte qui l'élançait. Il sortit sa montre à gousset et y jeta un regard vague puis dit d'un air crispé :

– Vive l'Empereur !

– Vive l'Empereur !

Le cocher fouetta les chevaux et la voiture s'éloigna, laissant derrière elle un jeune comte encore incapable du moindre mouvement.

XX

LA REDINGOTE FUT JETÉE dans l'âtre, les bottes, le petit chapeau à liséré et tout ce qui pouvait constituer des preuves contre nous furent également envoyés au feu. Les hommes d'Étienne rendirent le carrosse à son propriétaire, démaquillé de ses fausses armoiries. La montre à gousset ainsi que la canne à pommeau d'argent retrouvèrent vite les vitrines du notaire.

Je rédigeais les conclusions de notre supercherie, assis à ma petite table de travail, quand Charles apparut, un sourire aux lèvres :

– Tu avais raison, annonça-t-il avec joie. Nous avons réussi à empêcher les royalistes de tuer le comte de Marson. C'est la deuxième fois que tu lui sauves la vie !

– Comme tu le sais, je ne lui veux pas de mal.

– J'en suis convaincu. Cinq hommes de l'armée royaliste ont trouvé la mort ce matin. Pas même un blessé parmi nous !

Il fit de grandes enjambées vers la fenêtre et s'arrêta pour y apprécier la vue.

– Quelle belle journée… Pourquoi ne sors-tu donc jamais ?

– J'ai beaucoup à faire. Je veux progresser dans mon apprentissage de la lecture et de l'écriture.

– C'est bien.

– As-tu eu des nouvelles de l'homme de Paris ?

– J'allais t'en parler. Il est venu ce matin rencontrer le comte de Marson. Le noble ne m'a rien confié de la teneur de leur entretien. Mais je sais qu'il a demandé à voir prestement ses associés.

– Bon.

– À quand une prochaine attaque des royalistes ?

– Il n'y en aura pas. Pauline pense que le comte ne court plus aucun danger.

– Parfait !

Il se rapprocha de moi et me proposa, toujours avec bonne humeur :

– As-tu besoin d'argent ou de nourriture ? La famille chez qui tu vis n'a plus de travail, ça ne doit pas être facile. Si tu veux, je peux t'aider.

– Je ne serais pas contre quelques sous…

Il ricana niaisement, content que j'eusse besoin de lui. Il posa devant moi une bourse de velours rouge qu'il avait dû préparer.

– Merci.

– À bientôt.

Il sortit, pressé comme toujours, et se précipita dans l'escalier. Il était nécessaire qu'il me crût dépendant de lui, cela renforçait son impression d'exercer un pouvoir sur moi. Je le manipulais mieux ainsi. Je fis sauter dans ma main la petite bourse dont le cliquetis des pièces m'amusa, sachant d'avance à qui j'allais l'offrir.

– Pauline ?

– Oui.

– Je dois m'absenter. Je serai de retour dans une heure.

Je descendis les marches à grands pas et arrivai dans une rue où circulaient de nombreuses charrettes à bras poussées par des marchands ambulants. Il n'était pas loin de midi. Sortir en pleine journée pouvait être dangereux. Je marchai promptement, à travers les ruelles, me retournant à l'occasion pour vérifier que je n'étais pas suivi.

Quelques minutes plus tard, j'atteignis les rues interdites, là où s'entassaient les miséreux. Les femmes mousseaux étaient assises et bavardaient entre elles, paraissant en meilleure forme que la fois précédente. L'une d'elles me reconnut :

– C'est toi, Maxime ?

– Oui, bonne dame.

– On a mangé du pain, grâce à ta générosité. Tu es aussi bon que tes parents, mon petit.

– Merci à vous. Savez-vous où est Marthe ?

– Marthe ? Tu la trouveras dans sa cabane.

Elle désigna de la main une sorte de petit abri à bois, si bas que l'on ne pouvait y entrer qu'à genoux.

Je remerciai la brave femme et allai saluer mon amie. Elle sortit et m'étreignit :

– Mon bon Maxime ! Ton pain nous a sauvé la vie !

– Merci, Marthe.

– Si nous pouvons t'aider, demande-nous.

– Marthe, justement, j'ai besoin de toi.

– Par Dieu ! T'arrive-t-il un malheur ?

– Non, Marthe, pas de malheur. Mais il faut que tu transmettes un message aux hommes, un message très important.

– Je ferai mon possible, Max.

– Après-demain, vers les 4 heures de l'après-midi, le fiacre du comte de Marson quittera le château. Il partira pour la sous-préfecture de Saumur afin d'y déposer un million de francs en pièces d'or !

Je vis dans son regard qu'elle ne comprenait pas.

– Et qu'attends-tu de nos hommes ? me demanda-t-elle.

– Qu'ils s'emparent de l'argent du comte ! Il mérite bien qu'on le lui vole, non ?

– Mais mon enfant, les nôtres ne sont pas des brigands ! Ils sont incapables de voler un chou sur le marché et tu voudrais que…

– Marthe, c'est une occasion qu'il ne faut pas laisser passer !

– Mais ils risquent de se faire tuer !

– Marthe ! Je leur propose simplement de défendre leur honneur et leur fierté. Ne trouves-tu pas injuste ce qu'ils sont en train de vivre ? Dis-moi pourquoi on les oblige à se cacher ! Qu'ont-ils fait pour mériter cela ? Ils ont tout perdu : leurs terres, leurs biens et la vie qu'ils avaient dans la forêt de Verrie. Et toi, ma bonne Marthe, ton homme et ton fils, qui les a assassinés ?

Cette remarque la déstabilisa. Elle baissa la tête, très éprouvée.

– Tu as raison Maxime, tu as raison…

– Ce n'est pas tout. Écoute bien : le fiacre sera escorté par les gardes du comte. Deux hommes : Charles, le chef, et Gustave, son beau-frère. Il est important qu'ils ne s'en sortent pas !

– Quoi ?

– Tu m'as bien compris Marthe. Il faudra les tuer, tous les deux ! Si Charles vit, il comprendra que je vous ai renseignés sur cette histoire. Et alors là, je ne donne pas cher de ma peau !

Marthe était effrayée. Je sortis la petite bourse rouge et la lui remis :

– Ce n'est pas grand-chose, mais il y a de quoi acheter un vieux fusil de la Révolution…

– Et si ce sont nos hommes qui meurent ?

– L'effet de surprise va jouer en leur faveur. J'ai fait croire aux gardes du comte qu'ils ne risquaient pas d'être attaqués et ils m'ont cru… Ne t'inquiète pas Marthe, les mousseaux sont des malins, ils sauront comment s'y prendre. Et il est temps pour eux de s'approprier les richesses qu'ils méritent.

Son regard se détacha du mien un instant, puis elle me prit la main d'un air triste.

– Je ne suis pas sûre que tu aies raison, mon bon Maxime. Mais je te promets de dire ce qu'il faut...

– Merci, Marthe, tu es si bonne. Bientôt, tu seras riche. Elle haussa les épaules, comme si cela l'indifférait, et me confia :

– Ton père et ta mère étaient vraiment de braves gens. Sois digne d'être leur fils.

Je pris ses mains dans les miennes et l'informai avant de partir :

– Après-demain, je serai ici même à 5 heures. J'attendrai le retour des mousseaux.

Je quittai les lieux sans tarder et gagnai la maison d'Étienne en courant. J'arrivai essoufflé dans le grenier où Pauline s'exerçait à l'écriture. Elle releva la tête :

– Alors ?

– Ils iront, j'en suis sûr.

Elle reprit ses lignes d'écriture et continua de tremper régulièrement la pointe de sa plume dans l'encrier. Comme à son habitude, elle balançait ses petites jambes sous la table et fredonnait quelque comptine. Je restai là, à réfléchir, puis fouillai dans la malle qui contenait mes notes. Je voulais trouver les détails des actions à entreprendre. Tout était écrit, il me suffisait de lire les prédictions de Pauline et d'y associer mes stratégies. Jusqu'à ce jour, cela s'était révélé une tactique efficace. J'avais un pressentiment, je sentais venir la mort du comte, une mort toute proche... Mais je m'étais juré d'aller plus loin encore dans l'accomplissement de mes desseins. L'élimination du noble était une affaire de bon sens, mais les habitants du village de Verrie devaient eux aussi payer pour leurs outrages et souffrir autant que les miens avaient souffert, jusqu'à l'anéantissement.

Pauline murmura entre deux fredonnements :

– Il faudra les tuer, tous les tuer…

Je pris du papier et écrivis une lettre à l'intention de M. l'archevêque de l'Oratoire :

Monseigneur, je vous sais en lutte contre le pouvoir de l'usurpateur Napoléon Bonaparte et souhaite, autant que vous, retrouver sur le trône de France notre bon roi Louis XVIII. J'ai également appris que le pouvoir central vous avait privé de l'ensemble de vos biens ainsi que de votre fortune personnelle… Voici donc des pièces d'or qui, je l'espère, serviront votre cause dans cette grande bataille au nom de la monarchie. Je souhaite servir Sa Majesté à vos côtés et me mettre à la disposition de votre armée…

Je signai alors de ma plus belle écriture : *Maxime de Verrie*, puis mis ce document dans ma poche, de peur qu'il ne tombât entre de mauvaises mains.

Le lendemain, Charles m'annonça que le comte de Marson avait réussi à convaincre ses actionnaires d'apporter leur contribution au ministère de la Marine. Le jeune noble, étourdi par cette bonne nouvelle, fit connaître à ses ouvriers son intention de fêter cet événement. Forestiers et gens du village seraient invités le jeudi suivant à participer à une célébration religieuse en la toute nouvelle église, même s'il n'en existait encore que les fondations. Journée chômée et payée ; hypocrites et profiteurs en tout genre s'en réjouissaient déjà.

Je retournai, comme prévu, dans les rues interdites du quartier du Fenêt, sous un soleil accablant. Les ruelles étroites aux maisons entassées rendaient la chaleur plus étouffante encore. Marthe m'accueillit avec gravité. Je sentis à son regard fuyant qu'elle regrettait d'avoir relayé mon propos auprès des hommes de la communauté. Sa douceur me préservait de ses reproches mais sa distance à mon égard en disait long.

– Ils sont partis cet après-midi vers 3 heures, précisa-t-elle sèchement. Une vingtaine d'hommes… Certains n'ont même pas douze ans…

5 h 30 sonnèrent au clocher de Saint-Pierre et l'attente du retour des mousseaux pesait lourd dans le cœur de chacune des épouses. Les femmes patientaient nerveusement, se demandant ce qu'elles deviendraient si elles se retrouvaient veuves ou sans fils. J'attendais, comme elles, sans un mot. Pauline n'avait pas pu m'éclairer sur le dénouement de cette action et je ressentais, en ce lourd après-midi, un étrange présage, une issue incertaine.

Marthe se tenait à l'écart et priait. Je m'épongeais le front avec un tissu qui faisait office de mouchoir quand je vis venir un petit groupe d'hommes aux allures de défaite. Ils étaient les premiers, d'autres suivaient. Tous avaient ces mêmes mines fatiguées et des vêtements en lambeaux. Les femmes redressèrent la tête, certaines coururent. Marthe compta en silence et un sourire chassa son austérité :

– Ils sont tous là !

La tension retomba d'un coup. Les femmes, aussi contentes que soulagées, étreignirent leurs compagnons. Les visages des hommes portaient les stigmates de la lutte, leur épuisement était visible. L'un s'approcha de moi et me dit :

– Maxime…

– Oui.

Il jeta un sac à mes pieds et son contenu se répandit. Les pièces d'or scintillaient à la lumière du soleil. Je ne pus m'empêcher de sourire :

– Seigneur…

D'autres sacs furent jetés à même le sol et une joie intense m'emplit le cœur. Un gaillard, aussi fatigué que les autres, me remit ce qui ressemblait à un porte-documents. Plus important que tout : les papiers du comte. J'étais fébrile. D'un geste avide, je défis la sangle et jetai un regard sur les documents frappés de ses armoiries. Il y était mentionné le nom des actionnaires, les sommes remises par chacun. Le comte de Marson avait vidé ses caisses personnelles pour remettre en son nom propre la somme de cinq cent mille francs. Sur un autre document, toujours écrit de sa main, il confiait au ministère de la Police sa promesse d'allégeance à l'Empereur et mentionnait le nom de ceux qui avaient voulu nuire à ses projets industriels. L'archevêque de l'Oratoire était largement cité :

Traître au service du roi qui a rejoint l'armée royaliste d'Anjou et mieux encore : *Ma garde personnelle a passé par les armes cinq royalistes qui voulaient attenter à mes jours.* Je levai la tête en direction du ciel et ris de bonheur. Mon plan avait fonctionné, parfaitement…

– La moitié de cet or vous revient, dis-je avec respect. L'autre est pour moi et mes complices.

Ils me regardaient tous d'un air sombre. Je compris que quelque chose n'allait pas :

– Je n'ai pas le choix, je dois rétribuer ceux qui ont participé à cette action.

Mais ils continuaient à me dévisager, durement. Le problème était ailleurs. L'un d'eux, un homme aux yeux clairs, eut enfin le courage de déclarer :

– Nous avons un problème.

– Un problème ? Vous êtes tous vivants, avec l'or. Quel problème ?

Il baissa la tête, gêné :

– On a arrêté le fiacre sans mal. Il n'y avait pratiquement aucun garde. C'était à croire qu'ils ne craignaient point d'être attaqués.

– Je m'en doute, car je m'en étais arrangé.

– Deux hommes seulement escortaient la voiture. On les a pris par surprise et…

– Et ?

– On n'a pas pu les tuer.

Cette nouvelle me laissa sans voix. Puis la colère monta si fort qu'ils l'entendirent :

– Alors, nous allons tous mourir ! Imbéciles que vous êtes ! Vous croyez qu'ils n'ont pas compris ? Ils savent que ce sont les mousseaux qui ont fait ça. Et ils vont deviner que c'est moi qui suis derrière vous ! En tuant les deux gardes, vous auriez empêché le comte de nous soupçonner, il aurait volontiers cru à une attaque des royalistes !

Je fis un pas en arrière et parlai fort pour être sûr qu'ils m'entendent tous :

– Prenez votre or et partez ! Bientôt, toute la garde du comte sera ici. Partez vite vous cacher !

– Mais où veux-tu que l'on aille ? cria Marthe au bord des larmes.

– C'est votre problème !

Je ramassai mes deux sacs d'or, pressé de fuir. Ma vie était autant menacée que la leur. Mais le remords me prit et je me ravisai :

– Il n'y a qu'une seule solution. Marthe, allez rejoindre l'armée royaliste. Si la garde nationale n'en est pas venue à bout, ce n'est pas celle du comte qui y parviendra.

– Mais nous ignorons tout de…

– Ils vous protégeront. Les documents qui sont là, donnez-les-leur. S'ils parviennent jusqu'à l'archevêque de l'Oratoire, c'est encore mieux. Il déteste le comte ! Joignez aussi cette lettre écrite de ma main, elle lui est adressée. J'avais l'intention de la lui remettre, mais dans d'autres circonstances…

Elle prit le courrier rédigé deux jours plus tôt et me regarda, l'air inquiet :

– Tu es sûr que…

– C'est votre seule chance.

Je renonçai à l'un des deux sacs.

– Donnez-le-lui, il en aura grandement besoin.

Je pris le seul qu'il me restait et le jetai comme un baluchon sur mon épaule.

– Partez ! leur dis-je une dernière fois.

XXI

DE RETOUR DANS LE GRENIER, harassé de fatigue, je découvris Étienne occupé à arranger le chambranle de la fenêtre, que la chaleur rendait difficile à ouvrir. Mon état d'anxiété le figea :

– Qu'est-ce qui t'arrive ?

– Va-t'en ! Il faut mettre ta femme et tes enfants à l'abri. Pars d'ici !

Je posai le sac d'or sur la table et ajoutai :

– Prends ce qui te revient et n'oublie pas ceux qui nous ont aidés.

De la fenêtre, il était difficile de voir si quelqu'un approchait.

– Les gardes du comte seront bientôt ici. Alors, fuis avant qu'ils n'arrivent.

– Maxime, qu'est-ce qu'il se passe ?

– Je n'ai pas le temps de t'expliquer. On a l'or, mais Charles sait tout. Le comte va vite comprendre qu'il a été berné et il ne croira plus à cette histoire de ministère.

Il s'empara du sac, le passa par la fenêtre et le posa au-dessus du chien-assis. Je me tournai vers Pauline :

– Prends quelques affaires, nous partons aussi.

Un hurlement de femme me pétrifia. Des bruits aux étages inférieurs indiquaient que des gens étaient entrés.

– Trop tard ! criai-je.

– Ma femme ! clama Étienne.

Des ordres criés à tue-tête retentirent, j'avais du mal à respirer. Impossible de fuir. Je me jetai sur Pauline pour la protéger. Des bruits de bottes résonnaient dans l'escalier, des hommes montaient en courant. Un coup de pied dans la porte la fit sortir de ses gonds, ils entrèrent.

– Que personne ne bouge !

Charles me frappa violemment d'un revers de main. Le choc me projeta contre le mur.

– Où est l'or ?

Je m'affaissai et me retrouvai couché en chien de fusil. Elfa aboya rageusement, Charles répéta :

– Où est l'or ?

Il m'envoya un rude coup de pied dans l'estomac. Le choc fut si violent qu'il me coupa le souffle. Pauline hurlait, des gardes armés retenaient Étienne.

– Je t'ai sauvé la vie, vociféra Charles, et c'est comme cela que tu me remercies !

Il s'approcha de la petite table où figuraient quelques documents. Pris de colère, il envoya le tout se fracasser contre un mur, les feuilles volèrent.

– Fouillez toute la maison, ordonna-t-il, l'or est ici !

Il posa son pied botté sur moi et me menaça :

– On va trouver cet or et ensuite…

Son attention se porta soudain sur autre chose. La tête immobile, il fixait celui qui nous observait. Il se tenait debout, une épaule contre le chambranle et un pied croisé.

– Où est mon or, petit ? me demanda le comte sans hausser le ton.

– Je n'ai pas votre or.

La voix de Charles vacilla :

– Il va parler, monsieur le comte, il va parler !

Le noble pointa l'index sur Étienne :

– Ta femme et tes gosses vont mourir. Devant toi…

Les gardes s'infiltrèrent dans la maison. Les meubles furent vidés et renversés. On déchirait les tissus, piétinait les objets, cassait tout ce qui pouvait l'être. Des cris de femme retentirent, des enfants sanglotaient, suppliaient ceux qui les malmenaient. Des gardes fouillaient nos malles sans précaution, le grenier se trouva vite sens dessus dessous. Le comte s'approcha de moi et la boucle de ses escarpins de cuir brilla à hauteur de mes yeux.

– Tu as oublié de signaler à mon garde que les mousseaux allaient s'emparer de l'argent, ironisa-t-il. Un oubli regrettable, qui profite bien à ceux que tu protèges… Où sont-ils ?

Son coup de pied me fit hurler.

– Où sont-ils ?

– Je l'ignore…

– Tu vas me le dire, sois-en certain.

– Vous ne devriez pas me traiter ainsi…

– Ah oui ? Et pourquoi donc ?

– Parce que, bientôt, j'aurai le pouvoir de vous tuer ou celui de vous épargner la vie.

Il regarda Charles et se mit à rire ; et ce dernier se crut obligé d'en faire autant.

– Tiens donc, enchaîna le comte. Eh bien, qu'attends-tu maintenant ?

– Le moment de votre déchéance…

Un garde trouva la petite fiole de poison rangée dans le tiroir de la commode. Il attira l'attention de Charles, et le noble me demanda :

– Qu'est-ce que c'est ?

– Un remède contre les rougeoiements de panse.

– Intéressant… Tu dois en avoir rudement besoin en ce moment. Non ?

Il prit la fiole, défit délicatement le petit bouchon et me la tendit.

– Prends-en donc une gorgée. Tu auras tellement moins mal.

Il souriait et s'amusait de me voir ainsi hésiter.

– Allons, insista-t-il. Une toute petite gorgée de ton bon remède…

Je pris le flacon qu'il me tendait. Je le tenais à quelques centimètres de ma bouche. Il se délectait de ma souffrance. Charles, n'appréciant pas de devenir le complice d'un meurtre, me raconta :

– Un homme, le plus habile en la matière, t'a suivi avec beaucoup de discrétion le jour où tu t'es rendu chez l'apothicaire. Tu y as acheté ce poison.

– Ce n'est pas du poison.

– Que voulais-tu en faire ? s'enquit le noble.

– Ce n'est pas du poison !

– Alors, si ce n'est pas du poison… bois-le.

– Non… je…

– Bois-le !

Il sortit un pistolet de sous son gilet brodé et appuya durement le canon sur ma tempe.

– Préfères-tu mourir d'une balle ?

– Non.

– D'une manière ou d'une autre, tu vas mourir. Si tu ne bois pas, je tue ta sœur !

Pauline sanglotait, agenouillée et traumatisée au point de ne plus comprendre ce qui se passait.

– De grâce, bredouillai-je. Ne la tuez pas !

– Bois.

– Jurez-moi que…

– Bois !

Mes yeux se fixèrent sur le minuscule goulot. Il était à la hauteur de ma bouche et ma main, qui tenait la fiole, commença à trembler. Tous les regards étaient posés sur moi, dans un silence pesant. Ils étaient fascinés d'assister à la mort imminente d'un être humain. D'un geste vif, je portai la fiole à ma bouche et une grande lampée de poison se répandit en moi.

Tout le monde attendait. Je fixai le noble et lui lançai cette ultime phrase :

– Ne tuez pas ma sœur, je vous en supplie.

– Elle est déjà morte…

Son rire se noya dans l'intense douleur qui me foudroya l'estomac. Le feu me prit à la gorge et monta jusqu'à mon visage.

J'entendis Pauline crier, son appel se perdit dans un flot de bruits effrayants. Mes yeux me firent souffrir à en hurler, le sang qui s'en écoulait me priva de la vue. Mes mains se tenaient agrippées à mon cou et de ma bouche ouverte jaillit un cri. Des chocs portés dans tout mon corps m'envoyèrent au plancher, je me débattis en lançant des coups de pied et de poing dans le vide. Je luttai contre l'affreuse douleur qui me prenait.

Puis le flou laissa la place au silence et au noir absolu. Sur le sol en désordre du grenier, j'étais mort.

C'était la nuit. Du moins, c'est l'impression que mes yeux me donnaient. Tout était flou autour de moi, je ne pouvais saisir une image précise. Les bruits non plus ne parvenaient pas jusqu'à moi, ou alors il régnait un silence complet. Mes yeux s'adaptèrent à cette obscurité. Il m'était impossible de bouger la tête et de voir le reste de la pièce. Des formes géométriques apparaissaient précisément : elles étaient étranges et immobiles. Un objet contondant coupait l'image de part en part et des carrés blancs apparaissaient en dessous, sans ordre précis. L'objet contondant était en réalité l'un des pieds de la table renversée et les carrés blancs des feuilles de papier éparses. Il faisait nuit, pour de bon.

Je gémis :

– De l'eau… à boire.

– Maxime ?

Pauline me fit pivoter la tête car je n'en avais pas la force.

– Maxime ! Tu es vivant !

– De l'eau…

– Je vais t'en chercher, Max.

Elfa posa sa truffe humide sur mon front et se mit à battre de la queue. Pauline revint avec de l'eau dans une timbale. Elle mit sa main sous ma nuque et me souleva la tête pour me faire boire à petites gorgées.

– Oh ! Mon Maxime, tu es vivant !

Elle l'était aussi. Je voulus lui parler plus longuement, mais un feu dans ma gorge m'en empêchait. Il me fallut un bon moment avant de pouvoir tourner les yeux et un peu la tête. J'étais allongé sur le sol du grenier, où régnait un désordre innommable. Au milieu de la pièce, dans une mare de sang, Étienne était mort.

– Il a essayé de s'échapper, m'expliqua Pauline en m'épongeant le front. Alors, le comte l'a tué. Voilà deux jours que tu es ici, comme Étienne. Tu veux de la soupe ? Il y a de la soupe ! Elle est en train de chauffer.

Elle disparut et revint avec un bol.

– Elle est très bonne. Bois ça, mon frère, bois…

Le breuvage me fit souffrir, je n'en voulais pas. Pauline s'écarta :

– Tu n'as pas faim ?

– Non.

– Tu veux autre chose ?

– Non, Pauline. Et les autres, que sont-ils devenus ?

– Ils sont tous morts. Le comte les a tués. La femme d'Étienne et tous ses enfants. C'est la raison pour laquelle ça sent si mauvais dans la maison. Tu crois que tu peux te lever ?

– Non.

Nous n'avions pas jeté les produits de l'apothicaire, ceux avec lesquels j'avais réalisé ma mixture toxique. Le livre de sorcellerie précisait qu'il s'agissait d'un poison par imprégnation au contact de la peau. Le boire ne garantissait donc pas la mort. Cet usage mal approprié m'avait certainement sauvé la vie. Je me souvins que l'ouvrage indiquait aussi un antidote, qu'il était facile de préparer à partir des mêmes ingrédients mais dans des proportions totalement différentes.

Les forces me manquaient pour aller vérifier. La nuit m'en empêchait aussi. Ma tête tournait encore et Pauline insista pour me faire boire un peu de sa soupe. Je bus une gorgée, puis elle me cala la nuque sous un coussin et étendit sur moi une couverture de laine. Je m'endormis.

Au matin, l'horreur me souleva le cœur. Le cadavre d'Étienne était en décomposition, la chaleur nocturne avait favorisé le développement de la vermine et tout un monde grouillait sur lui. Pauline m'apaisa :

– Je vais le retirer, dit-elle en parlant du cadavre. Laisse-moi faire.

Elle n'avait pas la force suffisante pour le transporter et le déposer en d'autres lieux. Mais elle le fit glisser en le tirant par les jambes et l'éloigna de ma vue.

– Tu as encore mal à la gorge ? me demanda-t-elle.

– Je crois que ça va mieux.

– Tu as faim ?

– Non. Je me sens bizarre.

– Ça va aller, Max !

J'eus une brusque montée de fièvre. Mes yeux voyaient comme dans un brouillard. La chaleur, les mouches virevoltantes au-dessus de ma tête me donnaient le tournis. Pauline me souleva à demi et je pus m'adosser au mur. Une heure plus tard, je bus un bol entier de soupe. La fièvre était tenace, mais quelque répit m'encouragea à me mettre debout.

– Prends garde à ne pas tomber ! s'inquiéta Pauline.

J'allai chercher le livre de sorcellerie et retrouvai sans trop de mal la page consacrée aux *Poisons, par absorption cutanée, exclusivement.* Le paragraphe du dessous mentionnait les ingrédients utiles à l'antidote. Tout en répertoriant ce qu'il fallait, je demandai brutalement à Pauline :

– Pourquoi ils ne t'ont pas tuée ?

– Qui ça ?

– Le comte et ses gardes ? Pourquoi ils ne t'ont pas tuée ? Elle resta une seconde sans savoir que répondre.

– Je ne sais pas.

– C'est curieux qu'ils aient tué tout le monde, sauf toi.

– Je ne sais point, mon Max.

Des larmes emplirent ses yeux et je la sentis prête à éclater en sanglots, elle s'écria :

– Tu ne vas pas me reprocher d'être vivante, tout de même ?

– Non Pauline, bien sûr que non.

Je pris soin de réunir les ingrédients et surtout de les manier avec la plus grande prudence. L'odeur de cadavre dans la maison me donnait des haut-le-cœur insupportables. Le tissu maintenu contre mon nez n'empêchait rien. Pauline m'apporta de l'eau pour diluer le remède. Tout à coup, je ressentis un brusque coup de fatigue, c'était à croire que le mal qui couvait en moi se rebellait contre ma tentative d'y mettre fin. Les poudres dans la timbale donnèrent à l'eau une couleur de fond vaseux ; l'odeur pestilentielle qui s'en dégageait couvrit celle de la putréfaction. Avec la force et la volonté de ne plus souffrir, je portai la timbale à ma bouche et avalai en une seule gorgée ce liquide au goût de gibier avarié. Il me resta sur la langue des picotements et une sensation effroyable qui me fit regretter d'avoir bu.

Je titubai tout en cherchant à tâtons une issue, comme pour fuir ce goût de mort qui me pourrissait de l'intérieur. Je me laissai choir et m'assis. Pauline hurla, croyant que je mourais. Je m'allongeai, à bout de forces, et suppliai pour que ce goût qui imprégnait mon corps disparût au plus vite.

Le breuvage avait des effets soporifiques ; il me fit tomber dans un profond sommeil.

À mon réveil, des mouches couraient sur mon visage. Je les chassais de la main. Je relevai la tête :

– Pauline ?

– Je suis là, Max. Ça va ?

– J'ai faim !

Elle me donna ce qu'elle put trouver. J'avalai une soupe avec du pain dur à grandes cuillerées et, la bouche encore pleine, je lui demandai :

– Quel jour sommes-nous ?

– Jeudi, Maxime. Il n'est pas encore 10 heures.

J'étais assis à la table de la cuisine, les cadavres des enfants étaient encore dans la position où ils avaient été tués. Je réfléchissais.

– Il faut partir, Pauline !

– Pourquoi donc ?

– C'est aujourd'hui que le comte doit donner une messe pour ses gens et une grande fête. Il ne faut pas arriver trop tard !

– Comment veux-tu y aller ? C'est loin. Et à pied, nous n'y serions jamais à temps !

– Nous trouverons une calèche. Où est l'or ?

– Je n'en sais rien !

Je me souvins qu'Étienne avait posé le sac sur le chien-assis. J'allai vérifier sans tarder.

– Regarde, Pauline !

– Oh, mon Dieu !

Charles et ses hommes ne l'avaient pas trouvé. Les pièces rutilaient dans ma main.

– Avec ça, n'importe qui acceptera de nous mener à Verrie !

– Je sais ce que tu veux y faire, Max. Mais le poison que tu avais prévu d'utiliser, il n'y en a plus. Le comte t'a forcé à le boire !

– Ce n'est pas un problème, ma Pauline. Il me reste assez d'ingrédients pour en refaire !

Je me remis à mes mixtures, prompt et bien décidé à remplir de poison la petite fiole. Puis nous passâmes des vêtements propres et sortîmes dans la rue. Sur la place de la mairie, nous trouvâmes les services d'une voiture de louage. Deux pièces d'or suffirent à convaincre le cocher de nous conduire à Verrie, à grande vitesse.

XXII

ELFA BONDIT hors de la calèche et nous regarda en descendre. La voiture venait de s'arrêter dans une ruelle déserte, à deux pas de la place principale de Verrie. Nous restâmes à l'abri des regards. Je m'approchai du cocher et plaçai dans le creux de sa main de quoi rétribuer une semaine de son labeur.

– Attendez-nous ici, lui dis-je. Nous serons là dans une heure.

– Bien, monsieur.

La discrétion était de mise. Pauline et Elfa à mes côtés, nous longeâmes les murs, avec toute la prudence nécessaire pour ne pas tomber nez à nez avec l'un des serviteurs du comte. La rue principale, qui menait à l'ancienne place de l'église, était déjà noire de monde. Les transporteurs en tout genre arrivaient en masse et formaient une longue file d'attente causée par une charrette renversée. Les chaises et les bancs étaient transportés sur des carrioles tirées par des chevaux de trait, tandis que les villageois se pressaient dans les rues. On discutait, les uns avec les autres, pour échanger un bout de tissu, des pendants d'oreilles, un réticule ou un diadème de pacotille. L'heure était à l'affairement ; peut-être étaient-ils tous en retard, ce qui pouvait expliquer cette impression de confusion générale.

Pauline me confia :

– Le comte est ruiné, pourquoi n'a-t-il pas annulé cette fête ?...

– Personne ne sait qu'il n'a plus d'argent. Il ne souhaite sûrement pas que ça se sache. Les forestiers lui demanderaient alors comment il compte les payer. Cette fête tombe bien, elle donne l'illusion que tout va pour le mieux.

Il n'y avait plus aucune trace de l'ancienne église. Les ruines avaient disparu au profit de fondations nouvelles. Une immense tenture de toile blanche formait un abri d'apparat, de quoi contenir deux cents fidèles. Bientôt, ils s'y tiendraient tous assis. Mais les chaises et les bancs tardaient à arriver et, autour de ce qui allait être un lieu de culte, il n'y avait pas grand monde qui se pressait. En revanche, à une cinquantaine de pieds de là, des hommes ventrus, les bras poilus, faisaient tourner des cochons farcis sur des broches. On dressait de longues tables de banquet, et de petites paysannes se pressaient autour, comme des abeilles bourdonnantes.

– Ils seront tous là, dis-je alors, ils vont tous venir au festin...

Mais ils devraient s'acquitter auprès du comte de leurs bonnes intentions chrétiennes. Tout le monde viendrait donc prier dans l'église provisoire, pour y être vu de celui qui les rétribuait si généreusement ; le bon Dieu passerait en second.

Je me tenais accroupi, avec Pauline et Elfa, derrière un muret qui faisait face à l'installation. Impossible, à travers les tentures blanches, de découvrir ce qui constituait le décor intérieur. Seule solution pour y parvenir : entrer.

– Il faut que j'aille voir.

– Prends garde à toi, mon Max.

Je jetai un regard à gauche puis à droite. Les seuls qui auraient pu me voir n'en auraient certainement rien eu à faire. Mais je courus avant de m'approcher, courbé, pour arriver le plus discrètement possible devant la construction recouverte de toile blanche. En guise de portail d'église, deux grands pans de tissu marquaient l'entrée. Les fidèles s'introduiraient par là, comme je le fis. Je découvris alors, sous mes pieds, le vaste plancher de bois brun qui venait d'être posé. Devant moi, quelques belles statues d'inspiration religieuse trônaient sur leur socle. La croix du Christ attendait d'être fixée là où il conviendrait. Ce que je cherchais était tout près. Le bénitier se trouvait en un endroit où il ne resterait pas ; un petit baril lui tenait compagnie. Je m'en approchai et découvris son contenu. Il était rempli d'eau. Certainement celle que le prêtre déverserait dans le bénitier, le moment venu.

J'avais mis la fiole de poison dans une poche, contre ma poitrine. Je pris soin de vérifier que personne ne me verrait faire.

On pouvait entrer à tout moment. Du pouce de la main droite, je fis tourner le bouchon. Puis, en une seconde, le liquide se déversa dans l'eau claire du barillet. La fiole vide retourna vite dans ma poche et je restai à contempler l'eau jusqu'à ce que les cercles concentriques aient disparu. La surface redevint lisse, insoupçonnable, et limpide comme de l'eau bénite.

Je ravalai ma salive et fis un pas en arrière. Puis je quittai l'église à grandes enjambées pour aller retrouver Pauline derrière son mur :

– Alors ?

– C'est fait.

Nous restâmes à attendre. La tension montait et nous demeurions silencieux. Nous vîmes arriver ceux qui étaient chargés d'achever les installations. Ils étaient nombreux. Les bancs et les chaises passèrent de bras en bras, et des coups de maillet retentirent de tous côtés. On s'activait : certains déchargeaient les carrioles, d'autres préparaient les objets de culte pour l'officiant. Jusqu'au moment où la foule des Verrinois arriva enfin, sans trop oser s'approcher de l'église avant que la consigne ne leur en fût donnée. Nous nous mélangeâmes à eux, pour mieux nous noyer dans l'indifférence du grand nombre. Ils étaient tous présents : hommes, femmes, enfants, même le plus incroyant du village voulait, par sa présence, remercier le comte de Marson de toutes les richesses apportées. Mais la populace devait attendre, car les invités de marque entreraient les premiers. Fiacres et calèches arrivèrent alors. Les bourgeois, habitants de Saumur, descendirent avec leurs belles étoffes, ainsi que les femmes en grande toilette, avec de jolies ombrelles à dentelles. Puis les associés du noble se présentèrent, épouse au bras. Comme il n'en manquait pas un, j'en conclus qu'aucun ne devait être au courant que le faux représentant du ministère de la Marine les avait tous spoliés.

On souleva une partie du tissu qui constituait les côtés de la tenture. Nous découvrîmes alors les rangées de chaises au premier rang qui faisaient face à une petite estrade. Des bancs alignés au fond seraient proposés aux gens de seconde classe. Les villageois, quant à eux, resteraient dehors, et apprécieraient la cérémonie comme ils le pourraient.

Le comte arriva seul et passa à côté du bénitier sans le voir. Oubliant les usages du rite, il ne se signa pas. Décidément, l'incroyance le protégeait du pire... Ses gens aidèrent les nobles à venir s'installer, pas un seul n'omit de s'arrêter devant le bénitier. Ils y trempèrent tous le bout de leurs doigts avant d'ébaucher le signe de croix. Rien ne se produisit. Au passage, les femmes gratifièrent le comte d'une révérence et ces messieurs inclinèrent leur tête avant de venir s'installer. Je tremblais car je venais de reconnaître les proches du noble, les associés de ses crimes, ceux qui nous avaient chassés de nos terres et qui s'étaient fait les complices de l'assassinat de nos parents... M. le lieutenant général comte de La Ferrière-l'Évêque, commandant de l'école de cavalerie, M. le directeur de la prison d'État du château de Saumur, M. de Beauregard, commissaire général chargé de présider aux règlements de police, ou encore messire de Gréat, trésorier du chapitre, à qui il manquait toujours un œil et une oreille. Puis vint M. Charles-Thibault Persac, maire de Saumur, avec son grand uniforme d'apparat. Il ne manquait que Mgr l'archevêque de la maison de l'Oratoire des Ardilliers, devenu l'ennemi du comte et membre de l'armée royaliste d'Anjou. Bientôt, il ne resta pas une place libre. Autour de ces gens confortablement assis, les villageois attentifs restaient debout, pressés d'emprunter la longue file d'attente qui menait au bénitier. Chaque femme, chaque homme, chaque enfant se signa de cette eau impure, au contenu mortel. Charles et Gustave étaient aussi de ceux-là.

La cérémonie débuta.

– Allons-nous-en, dis-je à Pauline, qui acquiesça.

Plus d'une heure avait passé et je craignais que notre cocher ne fût parti. Il nous attendait pourtant, satisfait de voir réapparaître son client providentiel.

– À Saumur, vite !

– Bien, monsieur.

En route, nous croisâmes des soldats de la garde nationale et des détachements entiers de grenadiers. Des garnisons quittaient leur cantonnement et les chevaux emportaient des canons. Il régnait parmi les troupes une impression de débâcle. Quelque chose était en train de se tramer. À Saumur, le même tableau se dessinait : des soldats se regroupaient et s'apprêtaient à partir. Mais la guerre ne m'intéressait pas. Je pensais aux Verrinois qui connaîtraient bientôt une souffrance terrible et les pires moments de leur existence. Ce n'était que justice. Les nobles, qui se croyaient supérieurs à eux tous, mourraient dans une douleur tout aussi affreuse.

Chez Étienne, les cadavres avaient disparu. Un mot, laissé sur la table, indiquait que le fossoyeur était passé et que des riverains, incommodés par l'odeur insoutenable, lui avaient donné consigne d'accomplir sa besogne. Il exigeait que l'on ne tardât pas à venir s'acquitter de la facture. Mais je me rendis compte, un peu plus tard, d'une autre disparition, très incommodante. Durant notre absence, quelqu'un s'était introduit dans le grenier et y avait dérobé la totalité de mes écrits…

– Pauline !

– Oui ?

– Je n'ai pas terminé. Il faut que je poursuive mon action.

– Je le sais bien, Max. Qu'espères-tu ?

– Un signe du destin !

Nous dûmes être patients car il n'arriva qu'au cours du mois de juin. Les Saumurois ne parlaient que de ça. Notre Empereur venait de perdre une bataille décisive dans le centre de la Belgique. On le disait en fuite. Cela allait changer l'histoire de ma vengeance et la destinée de mon ennemi.

Deux jours plus tard, comme tout un chacun, je pus lire dans la presse que les villageois de Verrie commençaient à souffrir d'un mal étrange. Une maladie de peau couvrait leurs visages de pustules et les assommait d'une affreuse fièvre. Ce n'était que des prémices. Bientôt, ils perdraient leurs cheveux et toutes leurs dents. Puis ce serait au tour des doigts et des oreilles de tomber. Le poison diffusé dans l'organisme se réveillerait de plus en plus intensément au fil du temps et s'attaquerait comme un acide pernicieux aux organes vitaux. Je me réjouissais de savoir que plus un seul forestier n'était en état d'abattre un arbre de ma forêt et que le bois coupé, destiné aux chantiers maritimes, ne serait jamais livré, car personne n'en voulait. Le comte de Marson s'en sortait avec un seul avantage : celui de voir ses associés si malades qu'ils ne pourraient lui réclamer le remboursement de leurs prêts.

Une nuit, alors que nous dormions, Pauline et moi, dans la chaleur de l'été, j'entendis que l'on frappait à la porte. Elfa aboya. Je descendis voir qui tenait tellement à me sortir de mon sommeil à une heure aussi indue. J'ouvris :

– Oui ?

– Maxime de Verrie ?

– Oui.

Ce n'était qu'une silhouette dans l'épaisse nuit. Une voix assurée m'annonça :

– Mgr l'archevêque de la maison de l'Oratoire me charge de vous remettre ceci.

Il me tendit un sac de toile de jute, au contenu épais mais dont l'ensemble était plutôt léger. Il ajouta :

– J'ai ordre de vous conduire auprès de vos hommes.

Un fiacre attendait devant la maison. Je restai, un peu hébété, avec le sac entre les mains.

– Attendez ici, lui dis-je en refermant la porte.

J'allumai une bougie et sortis tout ce que pouvait bien contenir ce sac. C'était une tenue assortie : pantalon serré et vareuse à galons d'or. Un mot accompagnait le paquet et indiquait :

Notre bon roi Louis XVIII a repris son trône. Vous voici capitaine de gendarmerie. À vous de régler le sort du comte de Marson. Pour vous y aider, un ancien bataillon de gendarmes à cheval de l'armée impériale est en attente d'un commandement. Vous le trouverez au nord de la Loire. Vive le roi !

Le message était signé *Monseigneur l'archevêque de la maison de l'Oratoire des Ardilliers.*

J'étais nommé capitaine de gendarmerie du roi par un homme qui pensait certainement avoir affaire à quelqu'un de plus âgé. Je n'en croyais pas mes yeux. Les mousseaux avaient réussi à rejoindre l'armée royaliste et à transmettre mon appel à celui qui avait des raisons, comme moi, de vouloir nuire au comte.

– Pauline !

Elle tardait à venir :

– Pauline, viens vite !

Elle descendit l'escalier et apparut, les cheveux en bataille.

– Quoi ?

– Regarde !

– Qu'est-ce que c'est ?

– Un uniforme !

– Pour quoi faire ?

Elle réfléchit et comprit :

– Ça a marché ?

– Oui ma Pauline, ça a marché !

Elle m'étreignit et laissa éclater sa joie. Je décidai d'endosser dès maintenant la tenue d'officier. Le pantalon était trop grand et la vareuse aussi. Je fis des revers qui trompèrent les apparences. Pauline se prépara, puis nous sortîmes. L'homme attendait dehors, c'était un jeune soldat et, à la vue de mon uniforme, il se mit au garde-à-vous :

– À votre service, mon capitaine !

Il me donna une épée que je passai à ma ceinture, ainsi que des bottes de cavalier un peu trop grandes. Le beau chapeau à plume blanche m'allait parfaitement. Pauline me suivit avec la chienne, et le soldat nous ouvrit la portière du fiacre :

– Où allons-nous, mon capitaine ?

– Là où sont mes hommes !

– Bien, mon capitaine.

Les chevaux filèrent au trot. Il nous fallait nous hâter car le comte de Marson devait pressentir que l'armée royaliste viendrait tôt ou tard le chercher. Il avait fait tuer cinq des hommes de l'armée et avait dénoncé l'archevêque auprès du pouvoir impérial comme étant un comploteur anti-bonapartiste. Je devais agir vite pour pouvoir le capturer.

Le cantonnement était installé dans une large clairière en bordure de route. Quelques gendarmes, assis près d'un feu, levèrent des yeux intrigués sur ce fiacre qui approchait. Le soldat qui nous conduisait s'écria :

– Au garde-à-vous devant votre capitaine !

Je descendis de la voiture et déclarai :

– Au nom du roi, je viens vous commander !

Ils restèrent bouche bée devant cet adolescent en uniforme.

– Gendarmes ! cria le jeune soldat. Votre capitaine vient à vous ! Faites sonner le rassemblement !

– Les Prussiens sont tout à côté, mon capitaine ! s'écria l'un d'eux.

– Ce ne sont pas les Prussiens qui m'intéressent, lui répondis-je. Nous partons séance tenante pour une mission de police.

– À vos ordres !

Le clairon sonna, sur un ton empressé, notre départ. Les hommes qui dormaient sortirent des tentes comme des abeilles qu'un coup de pied aurait chassées de la ruche. Une trentaine de soldats se mirent en selle en un temps record et un bataillon de gendarmes se forma. Le jeune militaire qui m'accompagnait remit à chacun des cavaliers un linge blanc qu'il se noua au bras, en signe d'allégeance à Sa Majesté Louis XVIII. La main posée sur la portière, j'ordonnai à la colonne :

– Gendarmes du roi, en avant !

Nous partîmes sans tarder et empruntâmes les routes qui menaient à Verrie. Je gardais la main serrée sur mon épée, prêt à tout moment à la tirer de son fourreau.

XXIII

CONDUIRE UNE COLONNE de trente hommes était impressionnant. Ils me suivaient en rang par deux, traversant en courant les routes qui menaient à mon destin. Je sentais une issue proche, la victoire ou la mort. Je m'absorbai dans cette réflexion, l'esprit tourné vers le souvenir de mes parents qui, en cet instant, devaient être fiers de me voir à la tête de cette armée qui les vengerait.

Pauline me prit la main et je sentis ses doigts se crisper.

– Que t'arrive-t-il ? lui demandai-je.

– Max, je sens la victoire, une très grande victoire ! Il faut que tu tues le comte, il faut que tu le tues !

Je fixais les paysages que la nuit rendait incertains, écoutant le martèlement des sabots qui résonnait comme autant de coups de fusil.

Le fouet claqua et le soldat qui menait les chevaux cria :

– Nous arrivons, mon capitaine !

L'allée du château était éclairée de toutes parts, des torches signalaient la route à suivre vers la bâtisse. Nous arrivâmes dans la cour, elle aussi éclairée. Autant de lumières indiquaient que le château n'était pas en sommeil et que son occupant devait s'y trouver ou s'apprêter à en partir. Près du pont-levis, un carrosse attendait. Le soldat qui menait mon équipage lui barra la route et tira sur les rênes ; les chevaux s'arrêtèrent dans un nuage de poussière. Je m'empressai de descendre, hurlant :

– Dispersion, armes à la main !

Les gendarmes encerclèrent le carrosse. Son cocher, impressionné par un tel déploiement, leva les bras.

– Ne me tuez pas !

– Va-t'en ! lui dis-je. Disparais !

Il ne se fit pas prier et sauta de son siège. À la fenêtre, un visage d'homme sortit doucement de la pénombre.

– Qui ose ?

Rien ne semblait inquiéter celui sur qui trente fusils étaient braqués.

– Descendez ! lui criai-je. Ou je vous fais abattre comme un chien !

Une seconde plus tard, la portière s'ouvrit. Un soulier de cuir apparut sur le marchepied. Il descendit une deuxième marche sans se hâter. Un coup sec sur les pans de son gilet lui redonna un peu de tenue. Il me fixa de son air supérieur, main sur la hanche.

– Ah ! C'est toi ? Je croyais t'avoir fait taire…

– Je suis Maxime de Verrie, dit Maxime Tessier. Je viens sur ordre du roi.

– Te voilà donc accommodé d'une particule, à qui l'as-tu achetée ?

Mes yeux dans les siens, je ne décelai aucun frisson dans son regard ; le mien était haineux.

– Vous êtes ruiné, lui dis-je. Vous n'avez plus rien.

– Des châteaux, des terres et des vignes, comment peux-tu insinuer que je suis ruiné ?

– Vous partiez ? Où alliez-vous ?

– En voyage d'affaires.

– Menteur !

Je le détaillai de la tête aux pieds, comme un animal qui jauge sa proie. L'atmosphère pesante laissait pressentir l'odeur du sang. Pauline et Elfa se tenaient à quelques pas de nous et trente hommes, fusils pointés, attendaient mon ordre.

– Je viens pour appliquer la justice, dis-je alors.

– La justice, quelle justice ?

– Vous avez tué des innocents !

– Ah oui ? À qui penses-tu ?

– À mon père et à ma mère.

– Ils étaient sur mes terres et ne voulaient pas en partir. Les lois me donnaient raison.

– À présent, les lois sont entre mes mains.

– Tu oublies mes gardes. Ils vous attendent sur les routes du château. Vous serez tous tués quand vous partirez d'ici.

– Pauvre fou ! Vos gardes sont malades à en crever, plus personne ne peut agir en votre nom. Vous êtes seul et entièrement à ma merci.

Son regard changea radicalement et il comprit que ses mensonges étaient inutiles. Je souris :

– Commenceriez-vous à trembler de peur, monsieur le comte ?

– Tu n'es qu'un petit sot !

Je reculai d'un pas, sans le quitter des yeux.

– Gendarmes, saisissez-vous de lui !

Il me toisait à présent. Il ne résista pas aux mains des hommes qui l'empoignèrent.

– Qu'on l'attache à cet arbre ! Formez un peloton d'exécution !

Cliquetis de fusils, petites foulées empressées, la trentaine d'hommes forma immédiatement un groupe compact ordonné en trois rangées. La première se tenait genou à terre, la deuxième et la troisième, debout, raides et au garde-à-vous. On ficela les mains du noble derrière l'arbre, j'attendis. Pas une réaction ne vint. Il me regardait avec sa morgue inébranlable, comme si mourir n'était pour lui qu'une simple formalité. Je lui déclarai :

– Je vous ai volé votre or et celui de vos complices. Je vous ai fait signer l'aveu de vos crimes et j'ai transmis les documents à vos ennemis. Vous êtes un nigaud. Bientôt, continuai-je, ceux que vous avez pris pour associés seront accusés de trahison envers le roi. Ils seront fusillés, si toutefois cette terrible maladie de peau ne les lamine pas avant. Mais le pire de vos crimes, monsieur, est d'avoir humilié ma mère et torturé mon père. Pour cela, je vais vous tuer !

J'élevai la voix, à l'intention du peloton :

– À mon commandement ! Gendarmes du roi, en joue !

Ils s'exécutèrent, gardèrent les fusils pointés, attendant l'ordre final. Je scrutai le condamné, espérant une réaction de sa part, une supplication, un mot, mais il ne se passa rien. Soudain, la voix de Pauline résonna :

– Tue-le Maxime, tue-le !

Elfa se mit à aboyer et la rage de ma petite sœur s'exprima plus fort encore :

– Tue-le ! Pourquoi attends-tu ? Tue-le ! Je regardais celui qui était à ma merci :

– Votre père avait l'intention de nous confier un secret avant de mourir. Que voulait-il nous révéler ?

– Tu ne le sauras jamais. Je préfère disparaître. Qu'on en finisse, ordonne à tes sbires de tirer.

– Quel était donc ce secret ? Parle et je réfléchirai à ton sort.

– Mon sort est de mourir sans supplier un vaurien de ta condition. Tue-moi !

– Fais ce qu'il te dit ! cracha Pauline. Tue-le !

Mais je n'en avais pas fini avec lui :

– Pourquoi votre père avait-il tant d'affection pour ma famille ?

Il détourna la tête et ragea :

– Vas-tu me tuer à la fin ?

– Je ne vais pas me priver de ce plaisir !

L'ordre allait tomber quand, soudain, des claquements de sabots attirèrent mon attention. Je tournai la tête pour voir qui approchait. Un cavalier arrivait au galop. Il apparut tout entier à la lumière des fanaux et tira rudement sur les rênes pour arrêter son cheval qui s'ébroua. La bête semblait essoufflée par une course qui avait dû être épuisante. L'homme s'enquit :

– C'est toi Maxime Tessier ?

– Qui êtes-vous ?

Il mit pied à terre et vint vers moi.

– Tu es bien malin pour m'avoir évité tout ce temps. Voilà des mois que je te cherche et ce que j'ai à t'annoncer est de la plus haute importance. Celle qui m'envoie a un message pour toi. Ne me reconnais-tu donc pas ?

J'hésitais. Ce costume, ce visage, ce grand cheval à la robe lustrée ne m'étaient pas complètement inconnus. Son timbre de voix éveillait en moi un vague souvenir. Il insista :

– Ce cavalier que tu as croisé et qui t'a demandé où je pouvais trouver Maxime Tessier ? Celui qui t'a offert une pièce de vingt francs ? Rappelle-toi !

– C'est vous qui avez mis le feu à ma troglodyte, n'est-ce pas ?

– Je l'ai éteint. Les hommes de celui que tu es sur le point de fusiller sont les seuls responsables. Quand je suis arrivé chez toi, en espérant t'y trouver, j'ai empêché l'incendie de détruire ta maison.

Je tournai la tête vers le peloton d'exécution et ordonnai :

– Gendarmes, armes au pied !

Ils abaissèrent leurs fusils, ce qui décupla la colère de ma sœur :

– Non ! Tue le comte, n'écoute pas celui qui te parle. Il est le diable ! Tue le comte !

– Pauline, patiente donc un peu et écoute comme moi ce que cet homme a à nous dire !

À ces mots, l'intéressé fronça les sourcils :

– Mais à qui parles-tu ainsi ?

– À ma petite sœur Pauline. Le comte lui a fait tant de mal qu'elle le déteste plus que je ne pourrai jamais le détester.

– Mais je ne vois personne, mon garçon…

– Que me voulez-vous à la fin ?

– Te présenter celle qui te cherche depuis le jour où son père est mort. Elle vit en Angleterre et m'a demandé de te trouver. Elle veut te faire connaître une histoire : la tienne.

Je ne comprenais pas ce que cet homme m'expliquait. Tout près de nous, Pauline pleurait et son chagrin me toucha. Elle sanglotait et me suppliait :

– Tue le comte, Max. Tue-le donc, il nous a fait tant de mal. Tue-le et notre mère reviendra en ce monde, je te le jure !

Mais je restai attentif aux propos du cavalier :

– Je ne comprends rien, lui dis-je alors, une dame, anglaise ?

– Qui ne devrait pas tarder à venir. Nous avons su par l'armée royaliste que tu avais reçu ordre de l'archevêque de l'Oratoire de te présenter ici, afin de décider du sort du comte de Marson.

À cet instant, la voix du noble retentit :

– Ne me dites pas que ma garce de sœur est ici ? Je ne veux pas d'elle sur mes terres ! M'entendez-vous ? Je ne veux pas d'elle chez moi !

– Êtes-vous certain d'être chez vous ? lui demanda sèchement le cavalier.

Le silence se fit alors, à l'approche d'un carrosse rutilant, tiré par quatre chevaux caparaçonnés. Une dizaine de cavaliers en grand uniforme escortaient la voiture qui s'arrêta dans la cour. L'un des cinq valets se pressa pour ouvrir la portière. Les gardes se dispersèrent pour former un cercle de protection autour de celle qui allait en sortir. Une longue jambe au petit pied chaussé d'une bottine apparut. Des gardes, genou à terre, baissèrent la tête et, la main portée à l'épée, s'inclinèrent devant cette femme vêtue d'une jupe de soie blanche et d'un corsage de batiste. Elle souriait en me regardant, comprenant que j'étais celui qu'elle cherchait, et semblait satisfaite de m'avoir enfin trouvé. Elle vint vers moi, d'une démarche souple et, sans me quitter des yeux, elle me dit :

– Alors, c'est toi Maxime…

– Oui, madame.

– Il faut dire « Votre Altesse », me corrigea le cavalier.

Un simple geste de la dame aux gants couleur paille, et l'homme s'inclina profondément devant celle à qui il était dévoué. La femme se présenta :

– Je suis Éléonore. La sœur de celui que tu veux faire fusiller.

J'en restai bouche bée. Elle continua :

– Je suis l'épouse d'un Anglais, un prince de ce pays. J'aurais aimé te rencontrer plus tôt, mon bon Maxime, quand tu avais tant besoin de moi, mais… malgré les recherches de mon garde, tu étais introuvable. J'ai reçu une lettre de mon père, une lettre envoyée à l'insu de son fils. Une lettre qui m'implorait de prendre soin de ta famille et de vous donner ce qui vous revenait de plein droit. Mon père voulait que je rétablisse une injustice du passé, dont il a toujours eu honte. Voilà pourquoi je suis ici.

– Une injustice ?

– Oui, mon enfant. Une injustice. Maxime, je sais tout de ton histoire. Tout de tes souffrances. Mes gardes ont trouvé une malle dans le grenier où tu vis et qui contenait tes écrits. Toute ton histoire rédigée de ta main. J'ai lu. Je sais à quel point tu as souffert.

Pauline était pétrifiée. Son cri attira mon attention :

– Non ! Ne l'écoute pas, Maxime ! Elle veut t'empêcher de tuer le comte, c'est sa sœur ! Elle est comme lui !

– En es-tu certaine, Pauline ?

– Oui, elle veut ta mort et la mienne, elle veut nous empêcher de tuer le comte !

La jeune femme me regarda soudain avec tristesse :

– À qui parles-tu, Maxime ?

– Ma petite sœur pense que vous nous voulez du mal !

– Mon enfant... Trop de gens t'ont menti parce qu'ils avaient intérêt à le faire. Ils ont profité de ta fragilité, de ton désespoir et de ce formidable don que tu as de pouvoir connaître l'avenir.

– Aidez-moi à comprendre...

– Charles et Gustave ont prétendu que ta mère était morte. Ils savaient que si tu avais eu l'espoir de la retrouver, ta santé se serait améliorée et tu aurais oublié de servir leurs intérêts. En te faisant croire qu'elle n'était plus de ce monde, ils étaient certains de ne pas te perdre.

– Ma mère ? Ma santé ?

– Assez ! hurla Pauline, ne l'écoute pas ! Notre mère est morte à cause du comte. Il faut que tu le tues, maintenant !

La jeune femme m'avait vu tourner la tête vers celle qui venait de parler.

– Ta petite sœur Pauline s'adresse-t-elle encore à toi ? Je suis certaine qu'elle soutient que ta mère est morte et que tu ne dois pas me croire, mon bon Maxime... Depuis tout ce temps, ta maman était tenue captive au château de Saumur...

D'un geste, elle ordonna au valet, qui gardait la main posée sur la poignée de la portière, d'ouvrir. Une personne descendit du carrosse. C'était une femme au visage grave et aux gestes empruntés. J'ignorais qui elle était et pourquoi elle me fixait avec autant d'intensité. Elle portait une grande robe brune, couverte d'un petit tablier en gros de Naples, aux nuances cendrées, et un fichu de dentelle noué en marmotte sous le menton. Je découvris une femme élégante comme je ne l'avais jamais vue, parce que ses moyens ne lui avaient pas permis de l'être. Mes yeux s'emplirent de larmes, je tremblais, et ma haine s'effaça devant cette femme qui pleurait aussi.

– Maman...

– Maxime.

Nous courûmes nous jeter dans les bras l'un de l'autre, et les sanglots m'empêchèrent de parler. Elle me serra fort, au point que mon oreille, collée à sa poitrine, entendit battre son cœur, pour de vrai.

– Mon Maxime...

Je pleurai tant et tant que des vertiges me prirent. Je compris en cet instant que ma petite sœur Pauline ressuscitée n'était que le fruit d'une imagination en colère et d'une détresse profonde, et que j'avais dû, pour survivre, inventer son retour à la vie.

– Je t'aime tant mon enfant, articula cette femme si douce.

Les images de Pauline et d'Elfa devinrent floues, comme dans un rêve éveillé, et le coup de vent du destin les emporta, à tout jamais. Ne resta au milieu de cette cour que le monde réel : les bras de ma mère et ses larmes. Je sentis en moi s'éteindre un feu qui me consumait depuis trop longtemps. Celle qui avait permis ce qui se passait se sentait affranchie d'une promesse. Elle me dit avec soulagement :

– J'ai satisfait à la demande de mon père, je peux à présent m'en aller et vous laisser à votre nouvelle vie…

Elle ajouta :

– Une chose importe, Maxime. Mon cavalier a découvert dans la troglodyte de Verrie le corps de ta petite sœur. Il a pris soin de l'enterrer…

Ma mère posa ses deux mains sur mon visage :

– Mon fils. Tu es ici chez toi. Ces terres sont les nôtres. Elles nous ont été volées il y a fort longtemps par l'un des ancêtres du noble.

Sur un geste de la princesse, l'un des valets présenta grande ouverte une cassette de bois. À l'intérieur, posée sur une étoffe rouge, se trouvait une feuille de parchemin enroulée dans un ruban de soie.

– Le titre de propriété, précisa la jeune femme. Ce titre est au nom de ton ancêtre : Guy Tessier. Le document atteste que le château de Verrie, les terres et la forêt, les autres logis de Normandie, les vignes de Bourgogne, tout est à toi.

Mais le comte, qui écoutait, ne l'entendait pas ainsi :

– Vous êtes sur mes terres, partez ! Partez tous !

La réplique ne se fit pas attendre :

– Vous avez chassé les mousseaux par la violence et le mépris. Avec un procès, vous auriez pris le risque que l'on découvre que vous n'étiez pas ici sur vos terres. Vous êtes un être répugnant.

Se tournant vers moi, elle ajouta :

– Maxime. Depuis plusieurs semaines, les gens du village souffrent d'un mal terrible. Bientôt, ils mourront. Je sais que tu en es la cause. Mais je sais aussi que tu peux les sauver, grâce à un antidote. Je t'en prie, ne deviens pas un assassin, sauve-les !

– Oui, Maxime, insista ma mère. Sauve ces gens…

Je pleurai comme un enfant. Le chapeau à plume blanche qui couvrait ma tête d'officier était tombé et roulait au vent. Avec lui, toute ma haine disparut. Je continuai de pleurer.

– Oui mère, je ferai ce qu'il faudra.

Puis la jeune femme donna ordre à sa garde :

– Que l'on détache mon frère. Qu'on lui donne un cheval et rien d'autre. Qu'il quitte ce domaine sur-le-champ !

Deux hommes s'inclinèrent et s'exécutèrent. On défit les liens du comte de Marson et on le mit en selle sans ménagement. Des gardes l'escortèrent au bout de l'allée, et leurs silhouettes disparurent dans le jour naissant.

La jeune princesse leva la tête sur le peloton d'exécution et dit aux hommes avec bonté :

– Gendarmes, la guerre est terminée. Vous avez accompli votre devoir avec honneur. À présent, il est temps de rentrer chez vous.

Ils eurent un air hésitant ou incrédule, ils ne savaient que faire. Enfin, après un instant d'embarras, l'un d'eux poussa un hourra, que les autres reprirent unanimement. Une envolée de chapeaux salua la bonne nouvelle. Ils montèrent sur leurs chevaux et donnèrent du talon. La jeune femme se rapprocha de son carrosse et posa le pied sur la marche. Avant de quitter les lieux, elle me dit, avec un doux sourire :

– Une nouvelle vie démarre pour toi, Maxime. Donne-lui le sens dont tu rêvais.

Puis ma mère posa la main sur mon épaule et m'entraîna vers le pont-levis abaissé. Le château était très beau, paré de ses magnifiques lumières que le vent faisait osciller. Nous franchîmes le pont et gagnâmes la belle bâtisse, car il était temps pour nous aussi de rentrer à la maison.

Épilogue

Bien avant 1815, à une époque oubliée de tous, le propriétaire du château de Marson était un homme accablé de dettes et promis à la ruine. Sa demeure, en piteux état, et ses terres en friche furent mises en vente ainsi que son titre de noblesse. La transaction demeura secrète, le noble voulant disparaître et se faire oublier de ses créanciers.

Le domaine fut donc racheté par un ouvrier viticole du nom de Guy Tessier qui acquit le tout pour une bouchée de pain. L'ouvrier, propriétaire d'un titre de comte et d'un château en piteux état, n'avait pas choisi la facilité. Il s'arma de courage et de patience pour rénover la demeure. Mais il avait acquis ces terres pour bien d'autres raisons ; il voulait réaliser un projet qui lui tenait à cœur. Il était persuadé que ces quelques hectares de terrain lui permettraient de produire un cépage qui serait merveilleux et donnerait à coup sûr un nectar de vin.

Lui et son épouse Antoinette rêvaient de faire fortune et se berçaient de cette illusion. Ils se lancèrent alors dans le travail éreintant de la viticulture. Les débuts s'avérèrent difficiles, exténuants, et le jeune couple y perdit la santé. Antoinette, enceinte pour la première fois, accoucha d'un petit garçon et mourut en couches. Son mari, malgré la douleur de cette disparition, dut faire face et il éleva seul son fils tout en consacrant un temps considérable au chai. Mais la maladie qui l'accablait le contraignit à arrêter ses activités. Alors que le vin était prêt et que les commandes affluaient, le propriétaire n'eut pas d'autre choix que de s'aliter et de faire appel à un journalier. Un gaillard engagé à la va-vite et sur le seul argument de sa bonne mine promit de s'occuper au mieux du domaine. Le coquin n'eut pas de scrupule et profita de la faiblesse de son patron pour le spolier. Il détourna avec discrétion l'argent des commandes, trafiqua le vin en ajoutant de l'eau pour accroître la production et fit savoir qu'il était le nouveau propriétaire des lieux. Jusqu'au jour où, sentant Guy Tessier reprendre des forces, il décida de l'étouffer dans son lit. À l'annonce de la mort du malade, toute la ville crut que le bon viticulteur avait été emporté par la maladie. Le gredin en profita pour lui voler son titre de noblesse et ses propriétés. Il envisagea également d'assassiner l'enfant, pensant qu'il pourrait un jour lui faire obstacle. Mais une religieuse le recueillit à temps.

Un jour, le notaire de la ville, détenteur d'un double de l'ensemble des titres rédigés au nom de Guy Tessier, vint rappeler à l'usurpateur ce que les textes certifiaient. Par la loi, l'enfant Tessier était l'unique héritier. Le nouveau châtelain disposait de moyens conséquents et proposa au notaire de quoi acheter son silence. L'homme, cupide et faible, accepta. L'affaire fut étouffée.

C'est ainsi que naquit la famille du comte de Marson. Une fortune bâtie sur une escroquerie, un assassinat, des complicités sans vergogne ; ce fut l'histoire honteuse que l'on raconta en catimini, de génération en génération.

Guy Tessier avait été assassiné et dépouillé de ses biens alors que sa descendance, héritière d'une immense fortune mais ignorant tout de son passé, connaissait la misère.

En 1815, par le talent et l'esprit de revanche de Maxime, elle retrouva ce qui lui revenait de droit.

Table des matières

Chez le même éditeur

Sagas familiales et destins singuliers sont au cœur des romans De Borée. Découvrez-les sans plus attendre.

ANGLADE Jean
Le Chien du seigneur
Les Fables

AUCOUTURIER Robert
La Mère-Nuit

AUDIDIER Robert
Le Voyage de Pierre Angibaud
Les Trois Frères

AUDOUX Marguerite
Marie-Claire suivi de *L'Atelier de Marie-Claire*

AUJOULAT Noël
Le Village perdu

BARDOT Thierry
Le Hameau des Tailles
Les Mauvaises Herbes
Les Méprises
Les Noces chagrines

BARRAL René
La Colère des drailles
Ombres et lumières de Costebelle
L'Enfant secret de la Borie

BÉLARD Paul
Moissons d'enfance
La Ferme aux écrevisses

BÉNÉ Robert
La Belle Marguerite
Le Trésor d'Alpaïde
Clémence, une vie ailleurs

BENOÎT Michel
Les Moissons de sang

BERTHÈS Colette
La Mémoire des chemins
Les Amants de Borde Rouge

BERTHOD Michel
Le Temps des hirondelles

BOBÈCHE Adrien
La Fille de la meunière
Les Confitures du haut de l'armoire
Au vent des brandes

BONTE Pierre
Bonjour la France *

BORMANN Christian
Les Coulées douces

BOUCHARDY Christian
Le Fugitif de la Saint-Jean
La Trace mystérieuse

BOUCHET Maurice
Le Chêne foudroyé
Les Souliers ferrés
La Fille du pertuis
Là où disparaît le torrent
L'Inconnu de Roche-Rouge
La Font de l'Ours

BOUDOU Josette
La Maison d'école
Marie, fille des montagnes
Les Chemins de toile
La Ronde des saisons

La Nuit des abeilles
Les Feux de Bois-Colombes
Les Craies de couleur

BOURRET Johan
Quand les loups rôdent
La Diablesse

BOUSSUGE Micheline
Le Bois de Bis

BUICHE Jean-Pierre
Une petite âme

CANAUD Jacques
Le Temps des maquis

CAPPEAU Marie Nicole
Chantemerle
Désacœur
Un château de famille

CASTELAIN Anne-Marie
Le Passant de l'été
La Dentellière de la brume
Les Raisins du pardon

CHALAYER Maurice
Le Fils du vent
Les Promesses du haut pays
Le Secret de Jean
La Tourmente
La Terre de la discorde

CHARMASSON Guy
La Main du maître
La Basse Terre de Julia
Noblesse de paille

COGNÉRAS François
Les Enfants des hautes terres

COLLIN Yvon
L'Écorce amère

CORDOUAN Manuel
Les Amants d'Alger

COSEM Michel
Justine et les loups
Le Bois des demoiselles

COSMOS Jean
La Dictée

CROIZIER Jean-Pierre
La Bonne Providence

DEBRIFFE Martial
Le Secret de la Villa Marianne
Les Peyrie
Le Serment de la Saint-Jean

DELOMME Martine
Un été d'ombre et de lumière

DUCLOZ Albert
Une étrange récolte
Les Jacinthes sauvages
Le Violon d'or

DUHAMEAU Jacques
Le Vent du Peyradoux

DUPORGE Bernard
La Cabane du berger

DUPUY Daniel
Fontcouverte
Les Quatre jeudis
Le Mystère Fontbrune

ÉCOLE-BOIVIN Catherine
L'Enfant-Loup de Blanche

FABRE Jean-Luc
Le Colporteur des âmes
Une neige de juillet
Les Semeurs d'espérance

FARINELLI Bernard
Terre-Dieu

FRONTENAC Yvette
Les Années châtaignes
Les Années chantepleure
Éléonore

GALLOIS Christiane
La Clairière aux genêts
Nanou,
les doigts pleins d'encre

GAMARRA Pierre
Les Coqs de minuit suivi de
Rosalie Brousse
L'Empreinte de l'ours

GAY Marie-Claude
Le Vallon des sources
Faustine et le bel amour

GIBERT Sylvie
Derrière les portes
La Grange au secret

GIMBERT Yveline
L'Ombre des Chênes
Le Crépuscule du loup
Le Retour de Rose
La Méprise

GLATT Gérard
Le Temps de l'oubli

GONZALÈS Daniel
La Demoiselle du port
Le Temps des cigales
Le Chemin des amandiers

JAILLER Isabelle
Louise, loin du pays

JEANJEAN Roland
L'Aven de la Dame noire

JUBIEN Aurélie
Un jour d'octobre

JUDENNE Roger
Les Terres brunes
Une vie de dimanche
Louison la douce
Le Silence des rives

LABORIE Christian
L'Appel des Drailles
Les Drailles oubliées
Le Secret des Terres Blanches
L'Arbre d'or
Le Saut-du-Loup
Les Sarments de la colère
Les Bonheurs de Céline
Le Brouillard de l'aube
Les Hauts de Bellecoste
Terres noires

LACOMBE Michel
La Bonne École
La Vagabonde de Saint-Ours

LAFONTAINE Jacques
Les Jours de gloire

LAOUENAN Roger
Le Pain bleu
Le Repaire du papillon

LAVARENNE Michelle
La Belle Vie d'Anna
Le Rossignol des Tuilières

LEBERT Karine
Nina et ses sœurs
Le Secret d'Emma
Les Mystères de Camille
Loin de Margaux

LEDOUX Ivan
La Guerre des marrons

LEMAIRE Philippe
Le Chemin de poussière
La Belle absente
La Soureillade
Compagnons de fortune
Gus

MALLOUET Jacques
Années vertes, années noires

MALROUX Antonin
Le Soleil de Monédière

MÉRAUX Philippe
Le Chasse-pendule

MERCIER Louis
Les Contes de Jean-Pierre en pays roannais

MOSCA Lyliane
Les Gens de Laborde
Les Amants du moulin
La Fille de la Buissonnière
La Dame de Champbrise

NAVARRO Christine
L'Échappée belle
L'Éventail d'ivoire

PALET (DE) Marie
Amandine
Mademoiselle Fine
Céline, une vie toute simple
Sidonie des Bastides
Le Village retrouvé
Un chemin de rocailles
La Demoiselle
Les Femmes de Cardabelle

PECOU Raymond
Allée des Alyscamps

PÉRILHON Jean
Les Racines de mai

PICCINO Sylviane
Les Sabots de peine

PINCE Jacques
Les Blouses grises
La Vengeance de Bogis
L'Ombre du chai
Le Dernier des Bourdignot

PLAIT Annie
Les Longues Saisons

PLUCHARD Mireille
La Tresse d'or
Le Mas de la Sarrasine

PUIJALON Bernadette
L'Heure de l'alouette
Des monts de tempête
Le Loup d'Orcival

RIBES Georges
Les Gens de la vallée

RIPERT Pierre
Le Bonheur en été

ROCHE Florence
Les Hautes Terres
L'Honneur des Bories
L'Héritage maudit
La Trahison des Combes
Des monts de Résistance

ROSSET Jean
Les Derniers Porteurs de terre
La Limousine d'Hautecombe

ROYER Roger
La Colombière
La Colline des Maures
Le Médecin de Maurevers

La Dame de la Callune
L'Envol du Choucas

SABOURIN Pierre
La Terre des Coteaux
Le Boulanger de Saint-Laurent
Les Fiancés de Saint-Laurent

SAND George
La Ville noire
La Mare au diable
Jean de la Roche
*Le Péché de monsieur Antoine**
*Le Péché de monsieur Antoine***
Le Marquis de Villemer
François le Champi
*Le Compagnon du Tour de France**
*Le Compagnon du Tour de France***
*Les Contes d'une grand-mère**
*Les Contes d'une grand-mère***

SOYEZ Jean-Marc
Le Bonheur selon Félisse
La Vigne à Saint-Romain
Les Galoches de Julia
La Ramandeuse
Julia

TAMAIN Louis
Le Renard
L'Encre violette
Le Temps de l'école
Médecin de campagne
L'Énigme de Fontary
Le Miroir aux alouettes

TEMPÈRE Jean
Les Sirènes du lac

TESSIER Colette
Les Carnets noirs

THOULON-LANGUET Michèle
Maria du bout du monde

TOUATI Claude-Rose et Lucien-Guy
Une maison dans les herbes
Le Cahier bleu
Les Ombres de la palombière
La Ronde du destin

VAISSIÈRE Marie-Louise
Marie, fille de cocagne
Les Carnets de Marie-Louise Vaissière

VALADE Corine
Le Printemps d'Aurélien

VÉDRINES Jean-Pierre
Un jour d'orage
Marie des vignes
Soleil de femme

VERRIER Michel
La Ferme des Pitaval
La Maison au bout du chemin

VINCENT Claude
Les Roses de l'hiver

PEFC
PEFC/10-31-2008